深红色的雕塑像

少年科幻大世界丛书

王国忠　陈渊　盛如梅／主编

SHENHONGSE DE DIAOSUXIANG

广西科学技术出版社

图书在版编目（CIP）数据

深红色的雕塑像 / 王国忠，陈渊，盛如梅主编. —南宁：广西科学技术出版社，2012.8（2020.6 重印）

（少年科幻大世界丛书）

ISBN 978-7-80619-347-1

Ⅰ．①深… Ⅱ．①王… ②陈… ③盛… Ⅲ．①儿童文学—科学幻想小说—小说集—世界 Ⅳ．① I18

中国版本图书馆 CIP 数据核字（2012）第 192642 号

少年科幻大世界丛书

深红色的雕塑像

王国忠　陈　渊　盛如梅　主编

责任编辑　方振发		**封面设计**　叁壹明道	
责任校对　李文宇		**责任印制**　韦文印	

出 版 人　卢培钊

出版发行　广西科学技术出版社

　　　　　　（南宁市东葛路 66 号　邮政编码 530023）

印　　刷　永清县晔盛亚胶印有限公司

　　　　　　（永清县工业区大良村西部　邮政编码 065600）

开　　本　700mm×950mm　1/16

印　　张　13

字　　数　167 千字

版次印次　2020 年 6 月第 1 版第 5 次

书　　号　ISBN 978-7-80619-347-1

定　　价　25.80 元

本书如有倒装缺页等问题，请与出版社联系调换。

前　言

　　科幻小说和根据科幻小说改编成的科幻电影，常被认为是给少年儿童看的。当然，少年儿童对未来充满希望、充满幻想，他们憧憬未来科学能出现意想不到的奇迹，想知道 10 年、100 年，甚至更长的时间以后的世界会是个什么样子。然而许多成年人也喜欢读科幻作品、看科幻电影，包括大学教授、作家和科学家。在美国，《侏罗纪公园》《外星人》两部电影，是有史以来电影经济收益最高的。《第三类接触》《全面回忆》《星球大战》《疯狂的麦克斯》《异形》《终结者》等科幻影片都使成人和少年儿童入迷。与这些影片相关的小说，也成了少年儿童课余、成人业余喜欢读的畅销书。

　　科幻作品之所以令人着迷，是因为科幻作品与人类科学技术文明发展的成果血肉相连。这一特殊的文学，具有激动人心的超时代想象和积极的社会功能，极有利于激发人的创造性、想象力和科学探索精神。

　　世界上第一部科幻小说《弗兰肯斯坦》（又译《科学怪人》），通过一个双重性格的形象，揭示了人类与科学、科学与社会发展的关系及后果。后来，法国作家儒勒·凡尔纳又在科学知识基础上创作出一系列的科幻故事。他在作品中所作的预言，一次次地被科学的发展所证实。英国的乔治·威尔斯及后来不少严肃的科幻作家，把科学幻想和推理同社会学结合起来，以生动感人的小说形式，揭露了现实社会的矛盾和冲突。科幻小说这一特殊的文学，正在以发人深省的预见性和深刻的社会寓意，将人与自然，自然与社会，宏观与微观，过去、现在和未来及其变异等无所不包的疑问，推到社会面前，让人们去思考与鉴别。正因为如此，世界各国逐渐意识到科学幻想小说在青少年教育中的重要作用，早在20世纪六七十年代，有些发达国家就已将科学幻想课程列入学校教育计划。

为此，我们产生了编选一套《少年科幻大世界》丛书的想法，并准备精选一部分世界当代科幻小说的优秀作品，改写成故事，配上精美的图画。感谢广西科学技术出版社领导的支持，和全国科幻创作界的朋友们（包括港台的朋友）、翻译界的朋友们的大力帮助。现在首次与少年朋友见面的5本科幻故事，内容有关宇宙太空和异星生物的追踪和探索，科学实践与未来社会、生态平衡的破坏引发灾难、机器人与人类社会、时空转换和奇异世界历险，以及进化与变异等题材。这些作品科学构思大胆神奇，幻想色彩浓郁绚丽，寓意深刻发人深思，故事情节跌宕起伏，悬念迭起，扣人心弦，十分耐看。

这些故事不仅可以满足少年朋友对世界科幻作品的渴望，丰富他们的课余文化生活，而且有利于激起他们的创造想象力和求知的热情，引导他们去追求真、善、美，警惕假、恶、丑，从而培养勇敢的探索精神。我们殷切地期望，广大少年朋友关心这套丛书，积极提出宝贵的意见，帮助我们把这套《少年科幻大世界》丛书编得更好！

主　编

目 录

地下城历险

一、魔洞

穆芙和罗伊的父亲——莱顿教授是国际上有名的科学家。他总是很忙，难得在家跟子女团聚。

这个周末有点儿特别。他有四天休假，于是他们决定去做一次盼望已久的地下洞穴探险。他们三人都是地穴探险爱好者。

他们知道，有处地穴，名叫"魔洞"。因为不仅地穴深而曲折，还有地下河流，不少探穴人下去后便失踪了，后来就没有人入洞很深，更未有人探索到底。这更使莱顿一家感兴趣，

决心去探个究竟。

星期一凌晨他们便驱车来到魔洞入口处，检查了头天晚上准备好的一切装备：潜水服、氧气瓶和面罩及绳索等。然后从地穴入口攀缘而下。

罗伊第一个顺利地通过了地穴窄口，大约过了 50 米距离，他的脚才碰到洞底。他的头盔上发出微弱的光芒，照射在湿漉漉的洞壁上，头顶上有亮光的入口已变得很小。这时地下河水咆哮着四处飞溅，不知来源和去向。罗伊估计自己正站在一块不大的暗礁上，接着穆芙也下来了，教授是最后一个下来的。

他们借着盔灯观察了一下周围，便迅速穿上潜水服，背起氧气瓶。

由于水流湍急，三人便用绳子系在一起往前走。越往前，隧道水床地势越低，宽度也越来越窄。他们打开水中呼吸器便钻入水底。过了一会儿，穆芙感到有一只手抓住了她，一条绳索把她拉出了水面。她用双脚去摸索，却找不到立足点。穆芙朝下一看，吓了一跳，原来她正悬在一个黑洞边上。她父亲正把她拉到瀑布上边一块扁平岩石上。她立刻明白过来，便在罗伊从水中冒出来的一刹那，急中生智，甩起脚在罗伊头上踢了一下。罗伊这才发现自己险些顺着瀑布跌落到无底深渊；幸亏三人连锁绳救了他的命，他顺着湿漉漉的岩石，借助连锁绳跟着穆芙爬上了莱顿教授所在的一块突出的扁平岩石。

他们稍事休息，用灯光观察四周，只见红褐色的岩石和波动激荡着

的飞瀑和溪水，闪现出千变万化的色彩，简直有点像地心燃烧的烈火；耳际满是轰隆隆的响声，震耳欲聋。显然，他们除了沿着飞瀑旁的陡峭岩石往下爬，别无进路。这就意味着要把钢制钉子凿进岩石，挂上带来的绳索，然后一级级往下爬。靠盔灯和手电是见不到底的。不过，向下攀爬50余米，他们便在瀑布脚下潭湖水边上站稳了。然后，他们穿过汹涌的湖水探索下去。如果还有什么路通到地穴更深处，必定在湖的下边。

罗伊是游泳能手，这次他系上绳索前去探路。他打开强光防水电筒，钻入了冰冷的水中。

罗伊在水中呆了很长时间，教授不由得为儿子担心起来。正在焦急时，罗伊冒出了水面，在湖的另一边挥动着电筒，看上去异常地兴奋。

二、神秘的隧道

罗伊根据探测画出一张平面图。原来他在湖底侧面发现一条狭窄的通道，只要从隧道钻进去，游不多远就向下陡落。教授分析了他们掌握的这一情况，决定继续冒险探索下去。

果然不出教授所料，他们潜泳在狭窄的水下隧道中，陡落30余米，通道便平坦起来，隧道也宽阔多了，水流逐渐变得平缓。罗伊游在前面，过了一段时间，浮起来竟然毫无阻碍。隧道顶已经不见。他们进入了一个周围满是岩石洞穴的大洞穴。这正是他们所期望的，去探索和发现新的地下洞穴群。

洞里共有五条岩洞隧道。三条较小，另两条似乎探索价值较大。然而，他们钻遍了五条隧道，都没有什么发现，而且每条隧道都是死胡同。正当心灰意冷时，罗伊无意中用强光电筒朝上扫了一下，发现上边距大洞地面高15米左右处还有一个洞口。而要想爬上去，非得把爬山钉凿进岩缝，做成攀登踏脚才成。教授决定，先在大洞休息一夜，再攀登。

三、梦魇般的嗡嗡声

凌晨3点，穆芙醒来，她梦见自己困在一个工厂里找不到出路，周围不停地发出机器的嗡嗡声，头脑被搞得发胀。当她刚要重新入睡时，一阵更响的嗡嗡声又响了起来。这回可不是做梦了：她越倾听，就越相信那是机器轰鸣声。穆芙扭亮手电筒，拍了拍父亲的肩膀。突然亮起的手电筒光，把罗伊也惊醒了。

他们悉心倾听了好一会儿，才断定那嗡嗡声是从上面那个洞口传出来的。于是他们立即动手把铁钉踏脚锤进岩缝，一级级鱼贯向上攀登。这一段10米的距离虽不太高，但登上去十分困难。不过他们最后还是登上了岩顶。岩顶上确实有个洞口，一条隧道黑洞洞的看不见底。他们小心翼翼地摸索着前进，顶灯的微光只能照亮前面两三

米远。走了七八十米，隧道便转了个弯，隧道中逐渐宽阔起来，又走了一段路，嗡嗡声变得更响，隧道中似乎也不那么黑了。

"爸爸，快看这个！"穆芙的话里充满了惊讶和激动。这时她正用电筒照着石壁，盯着什么东西在看。

"呃，真是不可思议！"教授赶上她，借亮光仔细观察穆芙看到的东西，"我想，这玩意儿我只在一个地方见过，实在太令人震惊了！"

他们观看的是雕刻在平滑岩石上的一幅大而神秘的脸谱图。

"这种脸谱图我只在南美洲亚马逊河流域的森林古神庙中见过。那是公元前3000年建的神庙。它怎么会在英国地穴中出现呢？

"唔，就我所知，"教授说，"这是一个部落的神，名叫特库，当地人认为特库神无所不能。"

他们又在附近观察，发现这隧道与地下水冲刷形成的洞穴不同，许多地方都有人工斧凿的痕迹，这更叫他们感到震惊。

教授沉吟片刻，意识到可能会遇到危险，便命令两个孩子一起把灯光熄掉。显然，他们面临了困难的抉择：是原路退回呢，还是继续探险？

"我们应该探索下去，不能被岩石上一个脸谱吓住；再说即使是特库人搞出那种嗡嗡声，也该查个水落石出。要知道，这是我们祖国的地下呀！"穆芙斩钉截铁地说。

她一向胆大包天。

穆芙的话无可反驳，显然她是有见识的。

没等教授和罗伊回答，她已经朝前走去。于是这支小小的探险队又继续前进。为防止危险，他们只在队尾打开一盏暗灯。

转了一两个弯，前面的路更宽了一些，隧道岩壁上不断出现人工刮痕，有几处还明显雕刻着一座座古神庙。那神庙跟描述南美的书上看到的神庙差不多。他们已毫不怀疑穴下的世界有些蹊跷。

突然，那种嗡嗡声消失了。隧道中死一般寂静，静得只听到自己的呼吸和心跳声。

四、一座地下城市

嗡嗡声一停，他们立即收住脚步，注意倾听着。等了一会儿，毫无动静。他们便继续朝前走去。又转过一两个弯角便听到重铁锤砸在金属或岩石上的拍击声，稳定而有节奏，全都从隧道远处传来，越向前走，拍击声越响。这意味着，地底下肯定有人。

"让我们悄悄地摸过去，"教授耳语般地说，"大家睁大眼睛提防着，把低度暗灯全熄掉。"

他们站了一会儿，等眼睛已对黑暗完全适应了，便边走边顺着隧道

望过去。只见有种微弱的光从转角处照过来。大约 50 米的前方肯定有什么发光的东西，只是光线十分昏暗。

又朝前走了一段路，地底传来的拍击声更响了，前面的光线也越来越亮。

"你们呆在这儿别动，"教授悄悄命令道，"我继续走下去，看我的信号行事！"

穆芙和罗伊看着教授的身影沿隧道移动，在光线那边停住不动了。他巨大的身影似乎僵住了。穆芙和罗伊禁不住踮起脚尖，摸到隧道尽头处。只见教授目瞪口呆地站在隧道尽头的出口，下面便是一个悬崖。

原来，隧道出口悬崖下是个极大的山洞。十余米下便是较为平坦的洞底，亮光和拍击声便是大山洞里传出来的，再远一些地方，是一片望不到尽头的小房子，每幢房子里都闪着柔和而又幽暗的光。令人惊讶的是所有房子都没有门和窗，只在墙上开了一些洞孔。无数房子中央耸立着一幢很漂亮的建筑物——神庙。那神庙高踞于无数方形小房子之上，那景象看上去有点恐怖；神庙门窗洒落下奇异的光，投入整个城市，似乎令人感到鬼气重重。

下边也有人，有男人、有女人，也有儿童，但全都穿着同样灰色锅炉工似的服装，头戴圆筒帽。那些人在干活，拍击声就是这些人敲击岩石或金属发出的，也有些像是在切割石块。那些人动作呆板，像机器般运作，既无语言也无笑声或叹息。靠近些的，脸面似乎死灰，毫无表情，就像行尸走肉。另有一批身着黑色长袍，拖到脚面，看不出男女，看来像监工，因为他们不干活，只是缓慢地走来走去，像是看管着那些工人。

这一发现太令人震惊了。"接下来的问题是要不要下去查明更多的情况，或者干脆回去求援。"穆芙首先提出了问题。

"回去？"教授显然不同意，"这一发现可能是百年来最有意义、最令人震惊的。再说，我们两手空空，回去也决不会有人相信。还是我一个人下去，至少弄回一点证据……"

"爸爸，不行，要去，一起去。"

于是他们悄悄地在隧道口钉牢绳索，打算紧贴隧道口悬崖隐蔽裂缝处放下梯索。这时，熟悉的嗡嗡声又开始响了起来。与此同时，拍打声完全停止。那些做苦工的人全都呆立不动，黑衣监工也直挺挺地站在那里，眼睛全神贯注地望着神庙。所有的人身体僵直，像一块块石头。

"快来,"教授说,"这是溜下去不被发觉的最好时刻!"

嗡嗡声盖住了他们用铁锤钉紧绳梯铁环的声音,绳梯顺利地沿着岩缝放到下面。没有人转身朝隧道岩洞上看,也没有人发现他们悄悄溜下绳梯。

地下城那群怪人仍在紧盯神庙,像石柱一样。然而,正当三人刚从绳梯上跳下地时,嗡嗡声仿佛变了,越来越深沉,叫人听了毛骨悚然。紧接着,他们身后传来一种响声,教授和穆芙、罗伊猛地转过身子,这才发现已经被一群工人包围了。那些人一声不吭、表情阴森可怕,站成一圈,把三个陌生人紧紧围住:逃跑已无可能。

最叫人恐怖的是,那些人的眼睛僵死而无感觉,但一眨不眨地直盯着你看。莱顿教授一家成了他们专注的中心。教授刚要开口,那帮僵尸样的人便牢牢抓住了他们,一言不发地押解着三人朝神庙走去。

"要努力想法呆在一起,不要分开!"教授乘机通知了穆芙和罗伊。

五、乌斯比的警察

他们被押解着进了城市。城里没有商店,没有车辆,也没有任何动物,小石头房子死气沉沉地耸立着,门窗洞开,既昏暗又令人厌恶,毫无生命活力的迹象。

莱顿一家一声不响地走着，每个人都被两名僵尸样的工人牢牢抓住。奇怪的是押解他们的工人全都直视前方，仿佛什么也看不见。然而，莱顿一家无路可逃。

终于走到广场，神庙就耸立在中央。莱顿一家在隧道口上面看已经很大的神庙，现在从脚下仰望，显得更大了。里面肯定有某种恐怖的东西。嗡嗡声从神庙发出，站在近处更感到头晕目眩。

他们发现，台阶旁有更多的特库神像，金字塔形的神庙脚下也有，其中一个神像移向一边，露出一条隧道入口。他们被猛力推进了隧道，而抓他们的人却并未跟进。

装在墙上的灯，投下幽暗的光，照亮了隧道。嗡嗡声被厚厚的石壁隔绝，里面很静。

"行了！"教授轻声说，"让我们停一下，思考对策吧！"

"是的，我们回不去了，但重要的是靠在一起，一有机会便一起逃走，免得彼此寻找！"罗伊首先提出看法。

"这儿没有警卫。他们一定认为我们无法逃脱，这样我们可以探查一番，设法找一条出路。"

　　教授同意了孩子们的看法，便带领他们朝前走去。突然前边传来一种声音，听上去像是有人在唱"对一个醉倒的水手，该怎么办呢"，而且是用英语在唱。

　　"先设法找到唱歌的人，弄清这里的情况！"

　　果然，循声走去，便进入一个大房间，里面有桌椅、一堆敞开的炉火和更多的特库神像。过了一会儿，岩石后面岩壁移开，走出一个人来。他的穿着打扮像个工人，但脸上充满生气，眼神也不呆滞：来人似乎很友善。

　　"我来自我介绍一下。我是保罗·莱顿……"

　　"你不就是火箭专家莱顿教授吗？嗬，他们搜集的资料中又多了一个名人。现在时间不会太长了……"

　　"你在说些什么呀？"教授感到困惑，也想就此探询出点什么来，便故作惊讶地问。

　　"你当然不会了解的，还是我来解释

吧！我毕竟曾经是国家公务员，再说一切已无法改变，说不说都一样。"原来他也是遭囚禁的。

这人名叫比尔·沃恩，是魔洞入口附近乌斯比村的警察。一天晚上，他骑车在魔洞附近巡逻，发现那边有亮光，便过去查看究竟，不料竟被击昏。醒来时脑袋里响着嗡嗡声，身子已在这间屋子里了。那些工人也是被弄来的，脑子经过处理，既不能说话，也不能思考，甚至连走路也受控制；穿黑衣的是崇拜特库神的人，来自南美洲亚马特库部落的后裔。这类人怎么会迁入地下，不得而知，但显然他们已掌握了很高的技术，而且对人类有着复仇的计划。这些人显然

是以脑电感应进行交际的，也是用脑电控制支配那些囚犯的。囚犯都是抓来的，每次一两名。有时抓到政治家，甚至国家领导人，经过特殊处理，再放回去，暗中进行控制，一般人则留下来做苦工。实际上他们企图通过这种手段控制世界。

"你的意思是我们也会遭此处理吗？"教授问。

"恐怕无法避免，"比尔带着同情姿态回答，"可悲的是你们无法逃走。"

六、计　策

"我有个问题，"穆芙说，"为什么你可以说话，可以自由活动，而别人不能呢？"

比尔笑道："我料想你们迟早会问的。实际上很简单。他们把我弄到

脑痛机那儿，不知是我太紧张，脑子里翻腾的事太多，还是怎么的，竟没发生效果，但我逃不掉……"

"那台脑痛机怎样运转？告诉我们吧，剩下的时间不多了。每种疑难问题总有解决办法。""好吧！就算今生有缘，"比尔说，"他们会叫我把你们带过隧

道，沿台阶进入金字塔内，然后到中央神庙顶部大厅，那儿满是电光，我估计总有发电设备。我让你们三人一起呆一会儿，去想出应付办法。要是有出路，请把我包括在你们的计划中，我在这儿太孤独了。至少我内心是愿意帮你们的。"

"看来，得把思想集中在别的事上，来反抗嗡嗡声和脑痛机发出的电波。我们可以默唱比尔哼的那首歌，反复集中思想唱那首歌词。不过，如果抗击有效，我们仍要装得像僵化人一样。"

还没来得及细说，六个哑巴僵化人便走了进来，后面跟着六名黑衣人。莱顿一家被押着进了金字塔神庙。一切正如比尔描述的一样，一到顶部，他们已累得筋疲力尽，但嗡嗡声变得越来越强。他们发现很难集中思想考虑别的。但是幸亏事先有所准备，三人竭力默唱歌词，分散了嗡嗡声造成的恐怖影响。

过了一会儿，果然亮起刺眼的强光。突然，有个怪里怪气的声音反复谈起话来："特库，特库，特——库……"

教授和孩子们立即像预计的那样拉起手，彼此对看着，唱起歌来。

嗡嗡声和怪里怪气的"特库"声像要钻进头脑，不停地轰响着，晃得他们头脑发痛。但莱顿一家拉紧手，唱得越来越响，竭力分散神庙怪声的轰击。

"特库，特——库，主人——特库主人……"这种嘈杂轰鸣声持续了大约 3 分钟：这对莱顿一家就像熬过了几个小时，但他们不间断地唱着。突然，一切响声停止了，莱顿一家也跟着停止吟唱，一个个直挺挺站着，两眼僵直凝视着前方。门开了，哑巴废物走了进来，拿来灰色连衫工作服和灰色圆筒帽。

莱顿一家人脑袋里响起一种声音："为了特库的荣誉，穿上衣服吧！"莱顿一家神志仍然清醒，心知反抗已起作用，但他们装做已成僵化人，穿上了工作服。

他们装作按脑袋里传来的指示干活，不露破绽。押解人和黑衣人走了出去。莱顿教授僵化地拿起水桶和刷子，机械地打扫大厅，两个孩子也模仿着做。

"哼，你们熬过来了吧？"身后传来比尔的声音。

莱顿一家毫无反应，继续干活。

比尔得不到回答，没再说什么便离开了。

当教授确信无人监视，便朝四处观察起来。穆芙和罗伊想要说话，被教授用眼色制止了。只见厅里墙上有许多盒子，上面净是大盘大盘的磁带，还有些类似电子计算机的设备。教授已暗暗想好了对策。

不一会儿，有个声音命令他们离开，到神庙脚下一个房间，找到食品和

床位。他们开始了僵化人的生活。

七、黑夜逃亡

罗伊很快就入睡了，但是教授推醒了他。

"显然，亚马特库人不是思想阅读机，他们无法猜出别人的思想。我们假装，他们认可了。不过他们是传心术士，因为我们一直接到他们的命令。"两个孩子点点头。

"干活的大厅，像是电子计算机控制室。我们得查明它们，并尽快找到一些证据，以便带出去，使政府相信我们并未发疯。"

二十分钟以后，他们趁黑夜休息时潜入了那间大厅。电子计算机还在运转，教授检查各类设备时，孩子们给他望风。

教授是专家，熟悉现代化设备。很快他便揿下一些按钮，接着就阅读起荧光屏上闪出的东西。

教授挺走运：磁带上用的是英文夹杂着西班牙文的东西。亚马特库人已把全世界的资料输入电脑，其中包括英国政府的某些绝密计划及许多国家要人的名单，教授自己竟然也在名单之中。他没有时间读完。但要向政府证明，几千年前已经消失的南美部落对世界构成威胁，就得把录音和电脑资料复制下来，带出地下城。否则没有人相信这么多国家要人和杰出科学家已在亚马特库人支配之下。

教授怀着恐惧揿下另一个键钮，提出了问题：那项计划的核心是什么？

电脑飞快显示出回答："要使特库人成为主宰。通过世界战争。由埃图首脑，平希将军，一位党的书记，还有一位议员、科学家挑起纷争。一切按指令行事。"

"罗伊过来帮一下。"

教授父子俩找出空磁带，把需要复制的资料录制了下来。他们不得不把比尔撇下，因为实在无法确定他究竟是敌是友。

两小时以后，莱顿教授一行三人已溜到进入地下城的悬崖脚下。幸亏那绳梯仍挂在原处。四周一片漆黑寂静，也不见任何僵化人。

他们不敢有一分一秒的耽搁。穆芙是攀登能手，第一个带着磁带爬上了隧道口，然后教授和罗伊跟

着爬了上去，并收起了绳梯。他们循原路回到有五个隧道的岩洞，找到防水装备，立即潜水游回魔洞，生怕特库人追来。显然特库人认为一旦经过脑痛机处理，便没有人能逃脱，所以毫无防范。这给莱顿一家帮了大忙。

次日凌晨，莱顿一家顺利爬出魔洞口。他们顾不上休息，急行军两公里，找到他们的汽车，动身驶往乌斯比自动电话亭。

教授给他最可信赖的议员朋友詹宁斯勋爵打了电话，这位议员在国

防部担任高级职务。教授只说有紧急要事面谈，并嘱托詹宁斯准备一台 TX14IK 型电脑，并通知一定要请首相天亮前赶到，一起阅读生死攸关的材料。

詹宁斯十分吃惊，但凭莱顿教授的为人，还是勉强答应了。"好吧，我只好向首相道歉。不过你的报告得精彩点儿。否则我会被首相当早餐吃掉的。"

接着，莱顿要求詹宁斯同时通

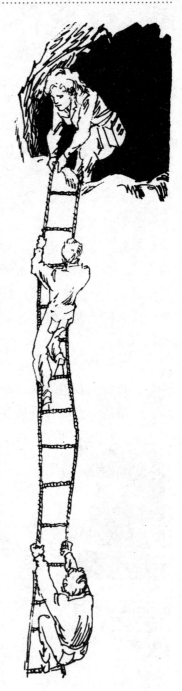

知特库人名单中没有的电脑专家琼斯和情报专家科尔斯上校一道见首相。

凌晨4点，莱顿一家赶到诺丁汉大学电脑中心时，詹宁斯和科尔斯上校已等在那里。他们带上 TX14IK 设备，立即赶往首相指定接见的地点。在汽车中莱顿教授把特库人危及和平的计划做了大体介绍。勋爵和上校异常吃惊，脸上现出惊愕和怀疑的神色。

"要不是你，莱顿，我会马上派人把你送进疯人院！"

"说得对！"詹宁斯表示同意。

"但是你们相信我吗？"教授问道。

"我希望先听听那些录音，看看电脑磁盘资料！"上校说。勋爵点了点头，一言未发。

八、证　据

首相听过汇报，看了资料，还是不大相信国防大臣已被控制。不过他只好同意做一次试验，来证实一切。

次日凌晨1点，首相带着国防大臣到达了事先安排好的地点。上校已复制好特库人的指令声，并请来电脑传心术专家。但詹宁斯有些担惊受怕，满脸紧张神色。莱顿教授只是观察和等待着。

突然，国防大臣直挺挺地站起来。莱顿教授朝上校瞟了一眼，上校微微一笑。首相转向大臣，要说些什么，可接着停住不说了。他看出可能有问题。这时国防大臣茫然凝视着前方，朝门口走去：

"我们跟上，"上校说，"请首相阁下先走吧！"

"你先走，科尔斯，"首相说，"你好像是唯一知道接下去会发生什么！"

"我希望大家都不错过这次演示机会。"上校回答，领先走上去。

国防大臣走向电梯，其余人跟在后面。电梯把他们带到地下很深的地方，进入隧道，在道道警卫关口，国防大臣都亮出证件，动作僵化、机械。进了几道钢制门，国防大臣用自己的钥匙打开另一扇门。只见房间里有一台庞大的计算机。国防大臣伸手去按一只红色键钮。首相大惊失色，连忙冲去。

"这是闹着玩的吗？按这键钮便意味着启动两方全部核装置！"

国防大臣还是僵立着，两眼呆滞，一声不吭。

"行啦，没什么可担心的。我们已切断了那台计算机的电源。这只不过是证实莱顿教授的资料而已。首相阁下，请原谅！"

九、特库人的覆灭

电脑心神控制专家向首相报告了如何模拟特库人资料中的指令，如何控制国防大臣等，莱顿又作了些补充说明。首相终于相信了：

"行了，问题是下一步该怎么办。"首相接着下达了一些原则指示。

詹宁斯和科尔斯上校负责指挥一切，莱顿教授担任顾问，迅速制定了深入魔洞向特库地下城发起突袭的计划：罗伊和穆芙幸运地受命担任特种部队的向导。此外，还调集了一批神经心理专家，以科学仪器和手段在战斗行动中配合测量僵化人和亚马特库人的脑电波，以便实施救援，尽量减少杀戮。

当天下午，特别行动总部便建立起来了，一个直升机起落场就设在

大路旁的田野里。从总部到魔洞地穴入口，电力线和通讯网络已架设起来，到处都是身着迷彩服的特种部队。

行动很快就开始了。

"考利菲中士！"上校喊道，"挑选十名全能队员，听从教授指挥。把装备、仪器按教授指示送进地穴备用。"

"是，长官！"中士说着转身走出总部。

"我暂时留在上边，"上校对教授说，"我得向首相报告，他有点儿担心。他不得不通知阿国、埃国和支国到底发生了什么事。"

于是他们分头行动。特种部队按计划到达了通向地下城的隧道入口

大洞，一切设备也已到位，脑波机也按神经心理学家的指示放好，特种部队将隧道封住。然而，教授不见了。

原来，隐没在水下之后，教授又发现了一条笔直通向地心的隧道，但不小心随瀑布跌落了下去，在岩石上撞昏了。醒来时，教授正躺在一张床上。他一下子就从墙上特库神像认出那是比尔的房间。

"你总算醒过来了。你从神庙下的地下子溪流漂来，幸亏遇到了我。不过，你逃出去又回来，必有目的。第二次救了你，你不能再撇下我啦。我早就发现了你们的绳梯，并加了金属丝，我可以很快把绳梯拉下来。"

于是比尔搀扶着教授，从他知道的隐蔽小道来到悬崖边，费了好大力气才爬上洞口，但是还来不及割断绳梯，六个亚马特库和一群哑巴废物已抓住绳梯向上爬来。比尔和教授用石块往下砸也无济于事。正在危急之中，突然两声爆炸，冲击波把两人震昏。

过了一会儿，教授和比尔苏醒过来，突然发现意料不到的景象：悬崖下，僵化人竟彼此打着手势呼喊着什么，黑衣人却像钉立在地上一样不动了。教授明白，脑波机起作用了。

正在这时，特种部队已冲进地下城，然而

神庙却起火爆炸了，想必是操纵者已知末日降临，自焚了。

上校带领穆芙和罗伊护送教授和比尔出洞，命令考利菲中士留下打扫战场。

一次惊险历程胜利结束，世界得救了。

〔英国〕基　恩　原作
艾　莹　陈　隽　改写
仁　康　插图

失踪的哥哥

一、公安局来的电话

"喂！喂！是东山路十六号张家吗？你们家里走失了小孩儿吗？"

"小孩儿？没有的事！你们是公安局，就应该知道我还没有结婚。"

"一名小男孩儿，叫张建华的。"

"张建华？是我的哥哥呀！不对，你们一定搞错了。我今年 22 啦，哥哥还比我大 3 岁哩！"

"这小孩儿的确叫张建华。我们在他身上找到了一件可靠的证据。"

"为什么不问问他自己？"

"他不能说话啦！"

"请你马上到我们局里来，我先陪你到局里认一认"。

二、十五年

张春华的确有个哥哥叫张建华，失踪已经十五年了。这件不幸的事发生的时候，张春华还不满七岁，他哥哥也只有十岁，是个三年级的小学生。

一个初夏的黄昏，晚饭已经摆在桌子上了。张春华坐在桌子旁边等哥哥回来。爸爸跟平日一样坐在大藤椅上看报。

"当，当，当……"时钟突然敲响，爸爸推开报纸，站了起来。

"都七点啦！这孩子，不知又晃荡到哪儿去了！"爸爸叹了口气，对张春华说，"小春，你先吃吧，我找你哥哥去。"

爸爸在外面跑了一夜，几乎走遍了全城的大街小巷，车站码头。最后，他只有去问公安局了。他们答应尽一切可能，派人分头寻找。

一直盼到中午，公安局才来电话说有了线索：有人在六号渔码头上拣到一个书包，书包里的课本上有张建华的名字。是游泳淹死在海里了吗？爸爸忘记了疲倦，立刻赶到码头上去。可是除了书包，连一只鞋子也没有找到。对了，这孩子一定偷偷地爬上渔轮，到海洋上去过他那一心向往的"冒险生活"了。找渔业公司，请求他们打无线电报询问出海的渔轮。各条渔轮的回电傍晚就到齐了，都说船上没有小孩儿的踪迹。

一个月，两个月，一年，两年，张春华的哥哥仍旧没有消息。直到爸爸临死的时候，他还梦想大门突然推开了，一

个小伙子突然扑到他怀里来："爸爸，我就是失踪十五年的小建呀！"

三、推理和证据

张春华放下电话，急忙拉开抽屉，取出一本相片簿，从里面揭下一张旧相片来，塞在口袋里。然后跑出大门，骑上自行车，来到公安局。

传达室的同志把张春华引进办公室。

"陈科长，张春华同志来了！"

"我是张春华。陈科长，我……"

"好极了，我要告诉你，我们已经完全证实了，这个小孩儿的确是你哥哥，从你哥哥身上找到了一本学生证。你想，还有什么证据比这本学生证更加可靠呢？"

陈科长拿起桌上的一本硬面小册子，打开来，兴致勃勃地念道：

"'第四中心小学学生证。姓名：张建华。年龄：十岁。班级：三年乙班。'你看这本学生证还是十五年前的。再翻出1960年的档案来一查，丝毫不差：东山路十六号张家，在那年五月里走失了一个小男孩儿，名字叫张建华。想不到无意之中倒了结了这一件十五年没有结论的悬案。"

张春华用颤抖的手，摸出口袋里的相片。他几乎恳求地说："是这个小孩儿吗？请你再认一认。"

"好极了，就是这小孩儿。连身上穿的，也就是这一件蓝柳条的翻领衬衫。"

"这样说起来，我的哥哥早就死了！"张春华完全绝望了。

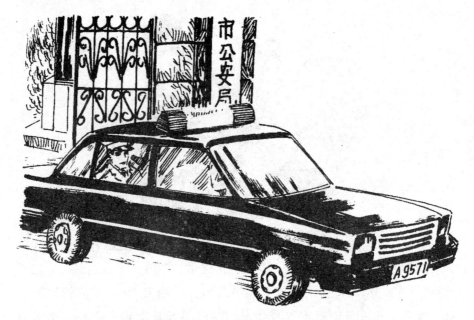

"非常抱歉，我只能说老实话。当初我的确是这样肯定的。可是那位陆工程师硬要跟我争，说你的哥哥还有活的希望……"

"咱们到现场去看一看吧！陆工程师还在等候咱们哩！"

四、人不是鱼

"第一冷藏厂。"陈科长吩咐了司机一声。汽车开出了公安局的大门。陈科长用手指头弹了弹放在膝盖上的皮包说道："两个钟头以前，我接到陆工程师的电话，说他们厂里

发现了一个冻得失去了知觉的小孩儿，我赶去一看，只见你哥哥躺在速冻车间的一个角落里，身上盖满了雪白的霜，我隔着手套，摸了摸你哥哥的额头，哎呀！简直比冰还冷。但是奇怪，他的身子还是软的，脸色

也还红润。也许就凭这些表面现象，陆工程师以为他才冻僵不久，还有活过来的希望。他哪里会想到，你哥哥已经冻僵了十五年了呢?"

汽车停下了，停在码头旁边一座没有窗子的白色大楼前面。

五、哥哥和弟弟

陈科长和张春华在会客室里才坐下来，门口就进来了一位胡须花白的小老头儿。他穿着一件白罩衫，看打扮好像是大夫。

陈科长立刻站起来招呼说："陆工程师，我们把那个小孩儿的家属给找到了，就是这位张春华同志。是你认为冻得暂时失去了知觉的那个小孩儿的弟弟哩!"

"什么?"老工程师吃了一惊，"你不是开玩笑吧?"

"不是开玩笑，陈科长说的是真话。他……"张春华的声音有点哽住了，"他的的确确是我的哥哥，失踪已经有十五年了。"

陈科长打开皮包，取出一叠证件来。"这一案情已经全部得到证实。这就是那张学生证的红外光照相底片。这个小孩儿是个十五年前的小学生。再看这张相片，也是十五年前的。"

老工程师戴上眼镜，仔细看了一会儿说："哎呀，他在我们厂里整整冻了十五年啦！"张春华问老工程师说："我哥哥在你们厂里十五年了，怎么会直到今天才发现呢？"

老工程师说："我领你们到速冻车间去看一看吧。看了之后，你就会明白这可能是怎么一回事了。"

六、在速冻车间里

三个人来到速冻车间门前。他们戴上了防冻面具、防冻手套，穿上了防冻衣、防冻靴。这样打扮，颇有点儿像准备下海去的潜水员。

从外表看，速冻车间很像银行里的保险库。陆工程师转动把手，打开了大门。三个人走了进去。

第二扇大门又关上了。一条笔直的小巷横在前面，

墙壁、地板、天花板全是白色的泡沫塑料胶做的。一条自动传送带，跟煤矿坑道里的铁轨一样，从小巷的这一头直通到那一头，上面一个挨一个地排满了白色的搪瓷

铁箱。

"跟我来，你哥哥就在那边角落里。"老工程师抓住了张春华的臂膀。

三个人沿着传送带往前走。紫色的灯光虽然很暗淡，张春华却分明已经看见，有个小孩儿躺在小巷的尽头。他走到跟前俯下身来一看，正是他的哥哥，简直跟相片上一模一样：脸上的白霜已经拂除了，露出了红润的双颊；眼睛很自然的闭着，好像在沉睡，只是没有鼻息。张春华觉得只鼻子一阵酸，眼泪忍不住流了出来。

"陈科长，"张春华听到老工程师在他背后说，"这一头是传送的进口，有两道自动开关的门，外边就是渔业码头。渔轮一靠码头，自动起重机把活鱼、活虾放进传送带上的铁箱里。铁箱经过两道门，从这儿进来。不到一分钟，活鱼、活虾就冻透了，再随着自动传送带穿过车间，送到冷藏库里去储存。我想这个小孩儿一定以为我们厂里有什么好玩的，乘没有人看见的时候，偷偷地躲在空铁箱里，让传送带给带了进来。可是一进车间，他就冻得受不住了，只想逃出去。哪儿知道才爬出铁箱，他已经冻得失去了知觉。"

"您的解释可以说合情合理，"陈科长说，"可是要得到证实，只有让这个小孩儿活过来，再问他自己了。"

张春华听到这里，立刻跳起来问："什么？您说我哥哥冻了十五年，还有活过来的希望？"

"是的。我说的仅仅是可能。"

老工程师说："我们厂的冻活鱼和冻活虾，就是速冻车间的出品。活

鱼、活虾进了车间，经过超冷速冻，它们的生命现象停止了，可是并没有死去。在冷藏库里储存了一年半载，把它们取出来，放在十摄氏度左右的水里它们就会苏醒过来，恢复生命。"

"那么根据您看，我的哥哥……"张春华两只眼睛盯住了老工程师的脸。

"你的哥哥，看起来似乎也不曾结冰。结了冰，身体就僵硬了，你哥哥的身体不是依旧很软吗？可是我只懂得鱼虾，对于人，我不敢贸贸然下判断。这是大夫的事。况且救活一个人，也决不像使冻鱼冻虾恢复生命那样简单，许多困难都不是我能预料得到的。

所以我想请王大夫来看一看，跟他仔细商量一下，你现在回去吧！我跟王大夫商量之后，马上通知你。"

市立第二医院院长王大夫跟陆工程师是老朋友。十几年前陆工程师为了鱼虾保鲜问题请教过王大夫。王大夫说："人所以会冻死，就因为细胞里的水结成了冰。冰要膨胀，不但破坏了细胞内的蛋白质的物理性，还把细胞膜给胀破了。全身的细胞遭到了这样的彻底破坏，人的生命当然就完了。如果您真的能做到冻而不冰，那么活的鱼虾冻过之后，不但滋味不会变，还可能恢复生命。"

几个月以后，陆工程师又把王大夫请去了。他准备了一大盆盐水，从超冷冰箱中取出一对冻虾来，放在盐水里。不一会儿，只见虾的胡须摆动起来，肚子底下的小脚也一起划动起来，忽然尾巴一弹，几乎跳出了水盆。

又过了半年，陆工程师设计的自动化速冻车间开工了。

七、好心的假定

可是现在遇到的问题不是什么冻鱼、冻虾，而是要使一个冻了整整十五年的小孩儿恢复生命。送走了张春华和陈科长，陆工程师立刻拿起电话来拨了号码。

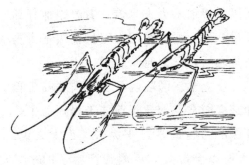

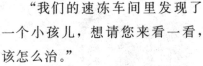

"我们的速冻车间里发现了一个小孩儿，想请您来看一看，该怎么治。"

"小孩儿！冻了多久了？"

"十五年。"

"十五年？"王大夫大吃一惊。

"是的，足足十五年。记得您曾经说过：人之所以会死，就是因为细胞里的水结成了冰。这个小孩儿好像还没结冰。"

"可是冻了十五年，怕没什么希望了。这小孩儿现在放在什么地方？"

"还在速冻车间里。在您诊断之前，我不敢移动他。"

"您做得对。我马上就来！"

不过半个钟头，王大夫已经来到第一冷藏厂。陆工程师陪他到车间去看了一遍，两个人回到会客室里。

王大夫叹了一口气说："说

句老实话，我也没法诊断。从表面上看，您的估计似乎是对的，他可能还没结冰。但是您能说，他的心脏和大脑也一点儿没结冰？"

"我不敢说，"陆工程师用商量的眼光看着王大夫，"可是，咱们能不能这样假定呢？"

　　王大夫点了点头，似乎自言自语地说："既使他的心脏和大脑都没有结冰，咱们有没有力量使一个静止了十五年的心脏恢复跳动呢？"

　　"只要心脏和大脑没有损坏，就不会有什么太大的困难。冻活鱼、冻活虾不都是例子吗？我认为，咱们只要设法使这个小孩儿恢复正常的体温……"

　　"问题的关键就在这里，"王大夫打断了陆工程师的话，"您也明白，冻的时候因为是超冷速冻，所以他的身体才没结冰。如果咱们把他搬了出来，让他的体温在温暖的空气中自然而然地渐渐升高，在升到接近冰点的时候，他很可能全身突然结起冰来。如果这样，您好心的假定就全部落空了。"

　　"决不会发生这样的事，"陆工程师争辩地说，"在使冻活鱼、冻活虾恢复生命时，我从来没有遇到过这种

情形。"

"鱼虾是一回事，人又是一回事。鱼虾是冷血动物，能忍受短暂的结冰。人呢，就是四肢冻伤了，也得很久才能复原，如果心脏和大脑结了冰，那就没有什么挽救的办法了。"

"那么，您认为无论如何是没有希望的了？"陆工程师逼紧一步问。

"倒不是这个意思，"王大夫冷静地说，"咱们必须预先想好办法，使这个小孩儿的体温很快地升到冰点以上，使他身体里的水来不及结冰。过了这个危险的阶段，才敢说可能有希望。当然，这个希望还建立在您的好心的假定上：假定他的心脏和大脑一点儿也没结冰。"

"只要有一丝希望，咱们就应该尽一切可能来试一试。"

八、手术的把握

过了半个月，陆工程师才通知张春华说，一切都准备妥当了，手术在明天上午八点钟开始，请他明天一早就上冷藏厂去。

张春华翻来覆去地折腾了一夜。看看窗子外面渐渐发白了，他跳下床来，胡乱洗了个脸，骑上自行车来到第一冷藏厂。会客室当作了临时的手术室。会客室中央放着一个

崭新的大玻璃柜子。张春华的哥哥就躺在玻璃柜子里。他胸前绑着个航海用的救生马夹一样的东西。陆工程师说，这是人工呼吸机。柜子的玻璃是双层的，两层玻璃之间的空气已经全部抽掉了，这是为了保持柜子里的低温。陆工程师说，张春华的哥哥现在体温仍旧是摄氏零下一百二十度，跟在速冻车间里完全一样。在手术开始之前，最好不要让他的体温增高。

九、满意的结局

时钟打了八下，王大夫准时走进了临时手术室，背后跟着两位女护士。

"张同志，"陆工程师迎上前去说，"我给你介绍一下，这位就是王大夫。这位就是那个张建华的弟弟——张春华同志。"

"哈哈，弟弟倒比哥哥大，真是天下奇闻哩！"王大夫开玩笑地说。他检查了一下玻璃柜子，打开了体温记录器，又试了试脉搏记录器，再把热波灯、人工呼吸机的各个电线接头检查了一遍，然后说："一切都很好。现在开始吧！"

护士转动热波灯的电键。五盏热波灯都"嗡嗡"地响起来，把暗红色的光射在玻璃柜子里面的张建华的身上。体温记录器的笔尖画出了一条笔直上升的斜线，"－100，－80，－60……0"

"零度！"张春华轻轻

少年科幻大世界丛书

地喊了一声，问身边的陆工程师说："你说的这个危险的关口，是不是已经过去了？"

"过去是过去了，"陆工程师说，"但是现在还没法断定，在渡过这个危险的关口的时候，是否已经发生了意外。"

体温上升到冰点以上 30 摄氏度了。王大夫命令把热波灯关上，开始进行人工呼吸。

护士扭开了氧气筒上的开关。人工呼吸机开始有节奏地压迫张建华的胸部。所有人的视线都跟着王大夫集中在脉搏记录器上。

"看！"王院长突然兴奋地压低了声音叫。

笔尖跳动了一下。虽然跳动非常细微，却是真正的生命的信号。

最初，脉搏的跳动不但微弱，并且是间歇的，跳了几下，又得停一小会儿。慢慢地，笔尖画出了连续的曲线，摆动的幅度也越来越大了。王大夫关上了氧气筒，打开柜子，轻轻地解下了绑在张建华胸前的人工呼吸机。现在可以看到，张建华的胸口在自然地一起一伏，就像沉睡一

42

样，发出轻微的鼻息。

"张同志，你哥哥醒过来了！"陈科长喊。

张建华真的醒过来了，小眼睛睁得圆圆的。他看见了周围尽是陌生人，害怕得叫起来："爸爸！爸爸！"

张春华扑上去，眼眶里含满了泪水。他像抱一个小弟弟一样，把哥哥抱了起来。

[中国] 叶至善

陈云华　插图

神秘的马希纳

尼德中士领着一位双鬓斑白的银行出纳员走进了警察局的讯问室。在经过一连串的"姓名、年龄、单位……"常规提问后，出纳员便向赛姆中尉讲述了一起发生在一小时前的奇怪的银行抢劫案。

"今天中午，我正在营业，在营业柜台的窗口突然出现一个三四十岁的中年男子。只见他将一只皮包放在柜台上，用压低的声音对我说，快把所有的钱交出来，不然，他只要按一下裤袋里的开关，包内的自动枪就会自动射出子弹。尽管抢劫犯外表很平常，但他有一张毫无表情的脸，而且说话时嘴唇几乎不动，就像在背诵一样。不知怎的，我感到很害怕，只得将钱放入钱袋交给了他……"

赛姆中尉经过调查，在排除了监守自盗的可能性后，陷入了沉思，抢劫者会是谁呢？

第二天，赛姆中尉有了意外

的收获。据交通警察电话报告，他们从酒后驾车而肇事的清道夫的身上和驾驶室内发现了一万九千多美元和银行的专用钱袋。很快这几个清道夫被带进了讯问室。

"小伙子们，说吧！你们中谁到银行去过了？"中尉问道。

他们几个都莫名其妙地看看中尉，谁也不做声。经过一阵静默后，一个清道夫才吞吞吐吐地说："是这么回事，中尉先生，说出来你不会相信……我们也搞不清楚，我们……我们从垃圾堆里拾到了钱，我们应该上交……可是……""是的，"另一个清道夫证实道，"是在芝加德街 20 号。"

暂时拘押清道夫后，赛姆和尼德来到了芝加德街 20 号。当然，他们

没有在这幢房子里找到强盗，但却带回了十分有价值的材料。三楼两位高龄的姐妹看到了事情的全过程：一个外表和出纳员描述一样的陌生人来过这个院子，他把一包东西丢进垃圾箱就走了。一个小时后，清道夫来了，他就把这包东西放进了驾驶室。

那么，这个抢劫犯到底是谁呢？为何要把冒险抢来的钱扔在垃圾堆里呢？

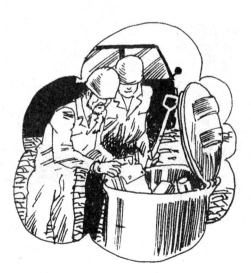

但是，不管怎么样，赃款总算找到了。为了表示谢意，银行经理请赛姆前去做客。席间，经理关切地问："罪犯抓住了没有？"

"还没有呢，"赛姆谨慎地回答。

"我们银行非常关心罪犯一事。因为上星期我接到一个电话，胁迫我交出一万美元，可前天，这人也将钱寄还给我。我不明白他到底要干什么？"经理忧虑地说。

中尉回到警察局，又接到了住在斯普林街42号的加德纳的电话，得知了伯金斯教授突然去世的消息，又风风火火地赶到斯普林42号。见到了加德纳教授，赛姆自我介绍后，就开门见山地说："请您谈谈伯金斯的事。"

"好的。我已退休八年了，伯金斯比我小 12 岁，但八年前也提前退休了。他有钱，自己设计了一座封闭式的建筑物，没有窗户，没有门铃，要打开门锁需要掌握一组数字。自从退休后，每星期二晚上，他总要来我家下一盘象棋，风雨无阻，傍晚 17 点钟准时到达。可是这星期二他没有来。"

"为什么没有来？"中尉问道。

加德纳把一张纸条递给中尉，说："几小时前才收到的。"

纸条上贴着一些从报纸上剪下的单字拼成的句子："伯金斯已去世，此信可助你进屋。上述句子字数加发信日期。"邮戳日期是 8 号。赛姆果断地说："我们立刻去那幢房子。"

汽车停在伯金斯教授的住宅前。中尉和加德纳走出汽车，发现消息灵通的记者威尔金斯已恭候在门口。经过一番简单的交谈后，他们向大门走去。令人奇怪的是，门把一扭，门就打开了。跨进门槛，里面一片漆黑，突然飘来一股令人作呕的死尸味。

伯金斯已去世，此信可助你进屋。上述句子字数加发信日期。

"进去吧！"中尉说着走了进去。加德纳紧跟在后面。这是一间会客室般的大

房间，在手电筒照射下，中尉绕过沙发，突然停住了，因为地上躺着伯金斯的尸体。于是他立即找到并打开了室内电灯开关，仔细地观察、检查伯金斯周围的一切。很明显，房间里没有别人来过，沙发已翻倒在地，地上有一根落地灯的铁柱，伯金斯太阳穴有个深洞，地上有一滩紫黑色的血污。赛姆想：看来，他想去开灯，搞错了方向，撞翻了沙发，跌倒在地，太阳穴正好撞在铁柱的一端上。不像是谋杀。

"我们走吧！"赛姆中尉经过一番检

查后，握住大门的把手说。但令他吃惊的是，把手纹丝不动。

"这可是我所担心的，"加德纳说，"如果一组数字拨不准，我们就得一直关在

这里。"

"既然出不去，那么，我们再进去看看吧！"赛姆中尉提议道。

他们沿着走廊一间房子一间房子地检查过去，发现书桌上放有许多低级趣味的凶杀小说和抢劫小说，这显然和伯金斯的身分不协调。在一间很大的实验室里，安放有许多高级精密仪器，可以看出，伯金斯教授的兴趣十分广泛，研究的项目相当多，显然，没有助手是不行的，但这幢房子内，除了伯金斯的尸体，确确实实没有发现其他人。在另一小房间内，堆着许多假肢。在伯金斯的工作室里，他们从抽屉里发现一张小纸片，上面写着"EAIHCM"，这个既非公式，又不是

缩写的几个字母，很可能是密码，但苦于不知它的含义。

在第二次检查过程中，加德纳一直在思考如何能离开这幢房子。"伯金斯已去世，此信可助你进屋。上述句子字数加发信日期。"这几个字一直萦绕在他的脑海里。忽然，加德纳灵感一动惊叫了起来："对呀！上面句子正好 13 个字，而今天是 8 号，那么，13 加 8，21 便是开门的密码了。"于是加德纳和赛姆中尉技此密码转动门把手，令他们失望的是把手仍然纹丝不动。突然，加德纳脑海里浮现出一个想法：根据市内邮件有可能隔天收到的情况，那么开门的密码应是 20。当他们用新的密码转动把手时，门果然被打开了，他们终于获得了自由。

赛姆中尉坐在办公室沙发上，正在思考这两件事到底有无联系时，尼德中士兴冲冲地进来说："赛姆，最近在奈特酒店发现一个怪人，每天下午 2 点来到酒店，喝了两杯就走。他从不和人交谈，大家都不知道他从何而来，故称他为酒店怪人。"

赛姆看了看说："快到 2 点了，走！我们去看看。"

他们进了奈特酒店后在一个靠窗的角落里坐了下来。当时针正好指

深红色的雕塑像

到2点时，一个中等身材，面容严肃的中年人走进酒店，目不斜视，端端正正坐下，要了两杯酒。

"就是他！"中士轻声说，"我感到他的腿是假腿。"

"假腿？"赛姆立即想到伯金斯屋中的许多假腿，"他住在什么地方？"

"不知道，如果需要……"中士的话还没说完，那怪人已站起身来向店外走去。

中士也赶紧走出店门，紧紧地盯着怪人。起初，怪人沿街溜达，由于他戴着一顶灰色的、闪闪发光的便帽，所以，一直没能逃脱中士的视线。突然，怪人走进了一家食品店，柜台前挤了许多人，中士就隔着玻璃窗监视着。几分钟后，那怪人挟着一包东西走出店门。

中士跟着这个戴灰便帽的怪人走进了一幢楼房，怪人上了楼，中士闪在大门后，仔细听他在几层楼停下。大约就在二楼传来了开门声，同时响起了一个女人的声音："喔，上帝，你从哪里弄来这顶奇怪的灰帽子？"接着是一个男子的声音："在食品店碰到一个怪人，他硬要和我换帽子……"听到这里，尼德中士方才醒悟，他上当了，急忙赶到食品店，那怪人已不知去向。

　　就在赛姆思索如何把错综复杂的线索理清楚的同时，记者威尔金斯来到加德纳的家里。

　　"教授，我想到几个问题，您看是否有道理，"记者说，"从伯金斯的实验仪器来看，伯金斯应该有助手，而这位助手对科学并无兴趣，倒爱好低级、庸俗的宣扬凶残行为的小说。俗话说，性随情移。积年累月，使

他不安心实验室牢笼般的幽居生活，而想到外部世界来冒冒险，于是……"

"你想得有道理，但他是谁呢？"加德纳说。

"伯金斯屋中的那些假肢……是不是机器人？"

"什么？机器人？"加德纳叫了起来，"你真是聪明人，伯金斯确实造出过机器人。而且，他造出的机器人完全像真人，连细节都像……"

"由于机器人不安心孤独的生活，"威尔金斯打断了加德纳的话，开始了自己的推理，"他趁伯金斯从外面回来的机会，突然把电门关掉，在黑暗中溜了出去，而伯金斯到书房开灯时，弄错了方向，于是……"威尔金斯说到这里突然想到一件重要的事情，就转移话题，"需要警告人们，我们中间有一个充满冒险精神的机器人。"

告别加德纳，威尔金斯赶到报馆。第二天，报上出现一条醒目的标题："犯罪的电子脑威胁着这座城市——我们中间有一个机器人。"

此后的连续三天，报上刊登了一系列事件，"昨天下午，有一位名叫阿里别卡的先生，在公共汽车里差点受到其余乘客的围攻，因为他的皮包里有一样会发出响声的东西。后来，在司机的

帮助下，才弄清楚发出响声的东西是一只闹钟。"

"在广场纪念碑前，一位老人突然叫起来，他的眼镜不翼而飞，认为这是机器人干的。惊慌的行人相互拥挤。后来老人发现眼镜完好地戴在自己的鼻梁上……"

一天，报上刊登超级电影明星约翰·玛丽小姐的巨幅照片，旁边是一段关于玛丽光临本市的消息："上年度影坛皇后玛丽小姐前来本市拍摄外景，将于今天下午4时飞抵本市，下榻于乔登饭店。她随身携带的昂贵钻石是作装饰之用，钻石将藏在饭店的保险箱内，并有两名警卫守护。"

下午4时1刻，一辆最新式华贵的本茨轿车驶抵乔登饭店。玛丽小姐迈出车门，她身上的钻石闪烁着夺目的光彩。街上挤满了人，玛丽小姐在两名便衣保护下，挤过人群进入饭店。这是为捕捉罪犯的一种圈套，扮演玛丽小姐的是饭店的女工作人员，当然，记者威尔金斯和便衣警察扮演的是随从的角色。当威尔金斯看见一辆缓缓驶来的黑色轿车里坐着一个表情严肃的中年男子时，兴奋地说："一切都按赛姆中尉的计划进行。"

"玛丽"小姐一行人按计划来到12楼一套豪华的房间。正当他们随手带上房间门时，突然从盥洗室冲出两个人，严厉地命令道："不许动！钻石拿出来！"

"上帝！"威尔金斯懊丧地自责着，"机器人的同伙，我们怎

么把这点忽视了！"他和其他人一样举起手，"玛丽"小姐迟缓地摘下不值钱的假钻石……

就在这时，房门突然被推开了，门口出现了一个刚才坐在黑色轿车里的表情严肃的男子。一个强盗立即把手枪对准他："不许动！"

来人举起双手，倚在门框上说："我

没有打算动，先生，你一定看见，我右手握着已揭开盖子的炸弹，只要我一松手，它就会掉下来爆炸。当然，我可以闪在门外，靠水泥墙保护，可你们就糟了。现在该把宝贝交出来了。"

那个表情严肃的男子接过强盗递过来的装有假钻石的包后，立即向房内扔了炸弹，转身闪了出去，门被关上了。屋里人个个吓得面无血色。但炸弹并没有爆炸，两个强盗清醒了，立刻闪电般冲了出去。"砰！砰！"两枪，强盗被便衣警察击倒在血泊里。

与此同时，赛姆的办公室不断响着来自各个现场的报告："机器人已

冲出饭店……现在已跳上汽车……汽车开动了。"

"注意，所有汽车、摩托车点火发动，"赛姆命令，"M1立即盯住机器人的汽车。"

中尉和中士走到挂在墙上的一幅大型全市地图前，地图上有许多绿点和一个红点在移动着。小红点是偷偷放在机器人汽车上的发报机发出的信号，表示汽车所在的位置。

几分钟后，现场报告："汽车已进入一幢房子。"

赛姆一面命令严密监视这

幢房子，一面派中士迅速出发。

中士坐上三轮摩托车赶到机器人住房。敲了敲大门，向开门的老妇人问道："对不起，我想找一位新搬来的卡罗福先生。"

"卡罗福？"老妇人说，"这里没有叫卡罗福的人。"

"他是新搬来的，最多半个月。"

"我们这里有一位新搬来的房客，他叫马希纳，找他吗？他可是个文静、话不多的好人。"

"哦，名字不对，可能我记错门牌号码了。对不起！"中士退了出来，并用通话器向赛姆作了汇报。

"你们在屋外监视，加德纳马上就到，"中尉果断地命令道。

加德纳按中士提供的情况来到了马希纳住所，他从马希纳毫无表情的脸上断定这是一个机器人。

"我是电力公司的，要检查一下你室内的电表，"加德纳说着从包内拿出工具，"我第一次看见你，最近才搬来的吧？"

"是的，"马希纳平静地回答着，突然他反问道，"你是查尔斯·加德纳吗？"

"是的，"加德纳回答着，同时心里想，"到关键时刻了。"

"我看到过你的照片，"马希

纳直截了当地说。

"该怎么办？能命令他吗？不妨试试看。"马德纳心里盘算了一阵后，说："请倒杯水给我！"

"你先发个指令才行。"

"哦，对了啦！"加德纳想起了伯金斯抽屉里那张写有 EAIHCM 的纸片，于是就缓缓地说："E—AIH—CM。"

"我等候你的命令"机器人说。

"倒一杯水给我。"

机器人默不做声地走进厨房，驯服地执行命令。加德纳一边喝着机器人递过来的水，一边劝说机器人跟他走，可机器人怎么也不愿意回到"囚笼"里去，他坚持要过独立的生活。最

后他疲惫地说："我该到医院去了。"

加德纳的劝说没有成功只好告辞出来，并向赛姆中尉作了介绍。赛姆对加德纳说："这么说，机器人就要去伯金斯的'城堡'去补充能量了。"

"真是如此，我们可以在他补充能量时捉住他。但他可能已更改了开门的密码，我们无法进去，"加德纳说。

"我们可以严密监视他，"赛姆充满信心说。

赛姆立即做了准备。几小时后，埋伏在伯金斯"城堡"附近的中尉、中士、加德纳和记者威尔金斯看见一辆汽车停在"城堡"前，机器人拖着沉重的步伐走出汽车。远处的四架摄像机正对准着门上的按钮。当机器人揿好按钮进门后，赛姆和加德纳一起冲到门前，根据摄像机提供的数据，门很快被打开了。

他们飞快跑到地下室，在发电机旁，一个外貌很平常的中年人正靠在墙上。加德纳一个箭步冲上去关了电门，屋内一片黑暗。赛姆打开手

电筒，一道光柱直射在挺立站着、纹丝不动的机器人身上。

"就是他！"记者威尔金斯大叫，"明天又有轰动全市的头条新闻啦！标题该是'神秘的马希纳先生束手就擒'。"

[德国] 汉　茨　原作
　　　李　华　改写
　　　仁　康　插图

深红色的雕塑像

自动电梯把我带到了文化实物博物馆第 17 层的沙因教授办公室。与教授寒暄几句后，我迅速打开自己的文件袋，从里面拿出我妻子玛雅的照片，一边递给沙因，一边问道："您认识她吗？"沙因蹙着眉头，凝视着照片，努力思索了一阵后，摇了摇头。于是，我立即从文件袋里拿出最近一期文化实物博物馆展品目录，翻到刊登着一幅深红色雕塑像的那页，递给了他。沙因教授疑惑不解地看了看雕塑像的照片，又翻弄着杂志，想查看展品的名称。当他的

目光再次接触到玛雅的照片时，突然惊叫起来："这两张照片是同一个人！"

"是的，我也是这样想的。这张是我妻子玛雅的照片，可她在千里之外，怎么可能成为你们这儿艺术系的模特儿呢？况且……"

"什么？什么？那是你妻子的照片，你不辞数千公里的旅途劳累来找我，就是为这个！"教授激动地拿起照片和杂志，边说边走到敞开的窗前，再次仔细辨认这两张照片。好一会儿，他才回到沙发上，不假思索地拿起电话说："资料中心吗？请查一下最近一期目录上的《深红色雕塑像》作品是谁汇编的？并请他来一次。"教授说完又把两张照片对比着，研究着。

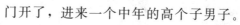

门开了，进来一个中年的高个子男子。

"是你的杰作吗？安德罗夫。"教授头微微一抬问道。

"是的。"

"你真不害羞！怎么可以不经本人同意就给她雕塑像呢？"

"我不明白……"安德罗夫困惑地答道。

"看，这就是你的深红色雕塑像的模特儿。"沙因教授差一点把玛雅的照片扔到了安德罗夫的脸上。安德罗夫不知所措地仔细看着玛雅的照片。突然，他拉着我的手迅速往外走，教授好不容易才跟上我们。须臾，

我们来到了一个明亮的大厅，大厅中央和四周靠墙的地方放着许多很大的石英玻璃盒子，安德罗夫指着其中一个对我说："看吧！"

我走近盒子往里一看，吓得我向后一跳。"这是玛雅！"我怯怯地低声说，目光赶紧从塑料做的雕塑像上移开。

"什么玛雅！你认识这个塑像？"安德罗夫哈哈大笑起来。对于他的这种放纵的大笑，我非常反感，于是不高兴地嚷道："对不起，这是我妻子玛雅的雕塑像，你是怎么雕塑出来的？"

"看仔细一些，总不至于和你的妻子丝毫不差吧？"安德罗夫得意地说着，同时把"你的"两个字说得特别响。

我又仔细看了看那一个睁着眼睛，活灵活现躺在那里的雕塑像，除了颜色外，简直和我妻子玛雅一模一样，于是轻声地说："她们只是身体颜色不同……"

"哈哈，颜色，到底找到了和你的妻子不同的地方吧！"安德罗夫又把"你的"两字说得很响，我被他说得真

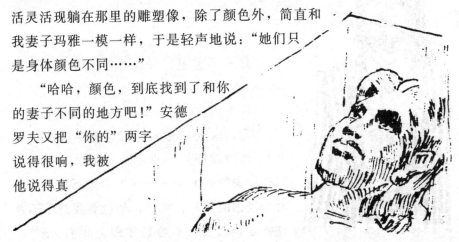

有些不好意思，低声道："别这么大声，我肯定这是我妻子玛雅的雕塑像。当然，我不反对把这座塑像放到这里来，虽然这样不太……"

"啊，你不反对，你知道这是什么东西吗？这是伟大的珍宝。为了不放过任何一个信号，四座最大的射电望远镜连续工作了100多个小时，几架最先进的仪器用来把信息转换成这座雕

塑像，而你却说……"安德罗夫得意地说着。

此刻沙因教授既兴奋又不好意思地耸了耸肩。而我却一点也不清楚到底是怎么回事。

"我说的是科学家的老实话。"安德罗夫继续侃侃而谈，"这座雕塑像是三个月前从距我们4.3光年的半人马座边缘地区接收到的信息

构成的。用23厘米的波长……"说到这里他突然停顿了几秒钟，接着若有所思地说，"不可能，你的玛雅是谁？她在哪里？难道……"说罢安德罗夫刷地从我手中把照片抢了过去看了一眼，然后蓦地冲出大厅。教授和我被安德罗夫的反常举动弄得莫名其妙。正当我们探头寻找安德罗夫的下落时，他拉着一个拿着手提包的妇女走了进来。他们一句话也没有说，径直走到玻璃盒前，打开盒盖。

"你们要干什么？"教授和我异口同声地说。

"解剖。"安德罗夫说。

"解剖什么？"

"雕塑像。"

"为什么？你们无权切割玛雅的塑像。"我激动地不禁大声喊了起来。那位妇女和安德罗夫先是一惊，然后她依旧镇静地打开手提包，拿出解剖刀和圆形的电锯。

"我禁止你们这样做，这是全民的珍宝，没有得到世界科学家协会的允许，你们无权碰它！"沙因教授也急促地嚷道。

"您放心，教授，信息全部记录在电脑中，随时可以把它复制出来。安托妮雅，开始……先打开胸腔。"安德罗夫不断地指点着，"快些，把肋骨扭到一边，看见心脏没有？啊！在这儿，肝脏呢？对啦！脾呢？好

极了，现在可以……"

"朋友们，她的内脏全都是相反的！"安托妮雅的惊叫打断了安德罗夫的话。

我睁大着眼睛，一点也不清楚安托妮雅所说的"相反"的意思。只是教授激动地用嘶哑的声音问道："你说什么？安托妮雅。"

"心脏、肝脏、脾等脏器都是相反的！"

直到现在我才明白，原来雕塑像和我们人正好成镜像对称，即雕塑像的心脏在右边，而肝脏却在左边。

"太好了，通过解剖，初步证实了我刚才的设想……"安德罗夫兴奋地自言自语着。过了好一会，他突然走过来拥抱着教授，庄重地说："教授，我认为在宇宙深处有一个由反物质构成的反世界，这个世界和我们的世界一模一样，不过是镜像对称的。构成这个塑像的信息就是从那个反物质世界里发送过来的。它正好和我们这里的玛雅成镜像对称。"

此时，教授也激动地拥抱着安德罗夫，并赞许地点了点头。

世界科学家协会公布了安德罗夫的大胆、惊人的假设后，全世界都在谈论着深红色的雕塑像。博物馆又复制了一个新的雕塑像，前往参观的人络绎不绝。电视台还一天三次向全球播送这座雕塑像。的确，这热闹的场面深深地感动了我，但我想的更多的是我的妻子玛雅与那座和我妻子一模

一样的雕塑像之间的关系，在宇宙的某处，难道真的存在这么一位和我妻子完全一样的妇女吗？那么，那个玛雅是活着呢还是已去世了。想到这里，我从口袋里拿出无线电话。

"喂，你是玛雅？"

"嗯，你们那里怎么为了一个雕塑像闹得满城风雨？我要求尊重一个公民的尊严，停止把我向全世界宣传。"

"傻瓜，你该为自己已成为证实存在反物质世界的第一个证据感到光荣。"

"光荣？这两天的报纸、电视全都在折磨我，还有一个科学家小组特地乘飞机赶到我这里，检查我的心脏是不是确实在左边。"

"结果怎么样？"

"谢天谢地！我可不是反物质构成的，

心脏自然在左面。"她咯咯地笑开了，"你现在准备干什么？"

我看了看表说："10分钟后我将参加科学院举行的会议。"

"好吧，亲爱的，别迟到了，我将在电视上看你们的辩论。"

科学院会议大厅里已经坐满了人，我好容易才找到个空位坐下来。轮到安德罗夫发言时，大厅里顿时鸦雀无声。

"我不想多谈连小学生都知道的基本粒子和反粒子，"安德罗夫激动地说，"只简单地提一下，这些粒子有电子、质子、反质子、中子、反中子等。早已证明，反粒子可以构成反原子，而且原子和反原子是成对产生的。最近有人提出，在茫茫的宇宙中，可以出现一个由物质构成，而另一个由反物质构成的互为镜像的双星和成对的行星系。因此，我确信在宇宙中也存在着和太阳系互为镜像的反太阳系，同时也应该存在反地球，上面居住着反人……"

"反人！多不好听的词。"大会主席不赞同地说，"你不以为这个词有侮辱人的含义吗？"

"请原谅！ 我说的是由反物质构成的人……"安德罗夫抱歉地答道，接着他又详细地描述了反人的种种现象。他深邃的想象力，深深地吸引了我。

散会后，我又给玛雅打电话，可是等了很久，才听到玛雅的声音。

"我听到了安德罗夫的精彩的发言，可现在我有些不舒服。"玛雅停顿了一下，又说，"我以为这不过是偶然的事情，地球上不是也有长得一模一样的人吗？亲爱的，我等你飞回来。"

这一两天来，世界科学家协会的理事们对安德罗夫的假设进行了激烈地争论，最后大家一致认为，证实安德罗夫假设的证据尚嫌不足。于是，大家对深红色雕塑像的兴趣顿时大减。我决定在返回家之前再了解一下这座雕塑像的情况。在解剖室前，我遇到了显得相当疲倦和沮丧的安德罗夫，同时，从半开的门缝里，看见几个医生正弯着腰在拨弄那堆支离破碎的雕塑像。

"他们在干什么？"我小声地问。

"想弄清她的年龄。"安德罗夫含糊地答道。

"真可惜，反地球上的居民没有把生物资料的只字片语送过来。"我开玩笑地说，想冲淡一下沉闷的气氛。

"这倒没有什么。"安德罗夫若有所思地说，"我们有办法弄清楚的。"突然他捉住我的手说，"我想叫你看看立体扫描成像仪是怎样工作的。"

当我正在津津有味地参观这台成像仪及由它复制出来的文物时，从实验室的玻璃隔板后面传来了一位姑娘的声音："安德罗夫同志，你的电话。"安德罗夫急忙走了过去。不一会儿他又急急忙忙地跑回来，激动地说："去，快！"

"上哪儿去？"我奇怪地问。

"回去，去解剖室……"安德罗夫没头没脑的话把我给弄糊涂了，只好跟着他跑，一直跑到空中电梯车里才停下来。我忍不住地问道："到底发生了什么事？"

"你和你妻子最后一次通话是什么时候？"他答非所问地说。

"两个钟头以前……"

"马上和你妻子通话！"

我顺从地从口袋里拿出电话机，按了家里电话机的号码。1分钟、2分钟过去了，没有回答。我再次按动电话机，还是毫无结果。我心里很担忧。在

快到解剖室的走廊里，我们遇到一位手里拿着一大团红里透黄塑料的大夫。安德罗夫把食指按到嘴唇上，示意大夫不要讲话，可那位大夫偏偏没有注意这个暗示。

"安德罗夫，"大夫说，"深红色雕塑像的一切都已搞清楚了，剩下的只是无法确定这位妇女是死了还是活着。"

大夫的话吓得我向后一退，不安地问："您说什么？大夫。"

"您看，"大夫郑重其事地把那团塑料拎起来说，"我们发现了她患有早期淋巴癌。按癌的发展情况看，从反地球发出的信息传到地球的整整4年多时间里，她很可能已经死去，当然或许由于肌体抑制癌细胞扩展的能力强，或者由于医学的作用，她可能至今仍活在反地球的世界里。现在……"大夫说到这里停顿了一下，转过身对安德罗夫说，"我是你的反世界论的支持者。为了进一步验证你的假设，现在必须了解玛雅的情况。要是玛雅的情况和塑像又是一样，那么，安德罗夫，它就是证实你假设的一个有力证据，因为我坚信，在同一件

事情上不可能有这么多的巧合。"

"大夫，"安德罗夫指着我说，"这位就是玛雅的丈夫。"

"啊！那太好了，"大夫又转过身来问道，"请告诉我，你妻子是什么时间死的？"我被这句不吉利的话激怒了，忿忿地说："住嘴！玛雅活着，两小时前，还通过电话。"

"啊！对不起，请恕我刚才出言不逊。现在我提议，为了进一步验证你的假设和玛雅的健康，我们必须立即与玛雅通电话。"

我再次拿起无线电话机，不久电话总算接通了。

"玛雅！"我情不自禁地大声喊起来，"玛雅，你活着？"

"什么？"

"你还活着吗？"

"你说什么呀！我一点也不明白。"

突然，我的脑子一下子清醒过来，知道应该告诉她什么，就镇静地说："玛雅，你留心听着，你病了，病情不轻，马上去医院，你有患淋巴癌的嫌疑，马上去……"我的话还没说完，电话里响起了一阵咯咯的笑声。

"多奇怪！"她停住了笑后说，"我们相隔数千公里，你怎么会知道我的情况？"

"马上去找医生!"我几乎是在喊了。

"别急,我刚从医生那里来,"她坦然地说,"昨天我觉得有点不舒服,今天我去找过医生,诊断后,原来是胰腺周围淋巴有癌变……"

"后来怎么样?都告诉我,玛雅。"

"再没有什么啦!医生给我注射了 306 灭癌注射剂,幸亏发现早,不会有什么危险,放心吧!"

通完话,安德罗夫满面红光地紧紧搂着我,他不仅为得到一个有力的证据而高兴,更为我的妻子化险为夷而高兴。

[俄罗斯] 德聂普洛夫　原作

李　华　改写

张　磊　插图

养"龙"记

　　科学考察队从珠穆朗玛峰带回许许多多石头蛋——蛋化石。使我们惊奇的是，其中有一个蛋，被一种半透明、黄褐色、松香般的东西包住。经过许多位科学家的"会诊"，初步断定为古代鸟类或爬行动物的蛋。

　　为了从"松香"中取出这个蛋，我们请了玉石雕刻厂的老师傅凿开了"松香"，然后请红星鸡场的金大爷负责孵化。金大爷把这个蛋放在

特制的恒温箱中，保持 30℃ 的温度。整整一个半月，蛋才开始破壳。大家急切地想看看从蛋里钻出来的究竟是什么东西，便轮流从观察孔里看个究竟。

我睁大眼，仔细看了好久才看清楚：钻出来的动物，长头颈，大屁股，小脑袋，样子倒有点像鸭子。然而，它浑身光秃秃的，没有一根羽毛，拖着一根长长的、细而圆的尾巴，长着四条短腿——这一切，却又完全不像鸭子了。

这家伙浑身灰绿色，皮肤油亮。那眼睛很小，起初是闭着的，后来才张开。最有趣的是它走路的姿势：两只后脚落地，像鸭子一样一步一晃，走了几步，它似乎想寻找地上的食物，便把前脚放了下来，用四只脚像狗那样走路。是四个趾的，趾间有蹼。我正出神地看着那家伙时，突然它伸长了头颈，"啊——哈，啊——哈"连着叫了几声。

这样相貌古怪的动物，谁也没有看见过；这种稀奇特别的叫声，谁也没有听到过。这家伙究竟是什么动物？

我是研究古生物的。根据我对化石的研究，从它的外形，可以断定它是一条小恐龙。

恐龙是一种著名的古代动物，生活在中生代的三叠纪、侏罗纪和白垩纪——距今已有二亿二千五百万年至七千万年。在那时候，恐龙曾盛极一时。然而，到了白垩纪末叶，地球的气候逐渐转冷，恐龙逐渐衰亡。进入新生代——从现在至七千万年前，恐龙就在世界上绝迹了，只留下一具具巨大的恐龙化石。

世界上的恐龙有许多种。我立即查阅了关于恐龙分类的各种资料，发现这小恐龙有许多地方是与一般恐龙相似的，但它的头颈特别长，趾间有蹼，则是其他恐龙所没有的。显然，这是一种过去没有发现过的新恐龙。于是，我们就把这条小恐龙列为一个新的种类，命名为"珠穆朗玛恐龙"，门巴还给这小恐龙取了个小名儿，做"朗朗"，表示是来自珠穆朗玛峰的意思。

朗朗出壳后，我们会战小组紧接着遇上了困难：给它吃什么？怎么养大它？

从西藏来的门巴自告奋勇地报名要求担任饲养员，决心把这只小恐龙养大、养好。

门巴从小就在"世界屋脊"上放牧，养过牦牛、马、绵羊，也养过鸡、鸭、兔子。他建议，在没摸清小

恐龙喜欢吃什么之前，先给它喝牛奶，这是最妥当的办法。大家都同意了门巴的意见。

门巴端来一大盆牛奶给朗朗喝，尽管朗朗已经饿得发慌，但对牛奶却连嗅也不嗅。怎么办呢？门巴干脆把牛奶装在奶瓶里，然后抓住小恐龙，往它的嘴里硬灌。花了九牛二虎之力，才总算把一瓶牛奶灌进了小恐龙的肚子里。

朗朗尝过牛奶的滋味，照理，应该喜欢喝牛奶了吧？不，到了第二顿，它依然对牛奶睬也不睬。尽管门巴往牛奶里加了好多白砂糖，朗朗也不领情。怎么办呢？只好还是用老办法——硬灌。

就这样，总算暂时使小恐龙活了下来。小恐龙的胃口倒不小，刚刚灌了一瓶牛奶，过了两三个小时，便又"啊——哈，啊——哈"地叫起来了。接着，又得灌。虽然小恐龙对牛奶毫无兴趣，然而，吃了牛奶以后，长得非常快。才三天时间，便从小鸡那么大，一下子长成肥鹅那么大。牛奶从灌一小瓶、一小瓶，猛增到得灌一铅桶、一铅桶。

小恐龙究竟喜欢吃什么呢？我查阅了许多关于恐龙化石的考察报告，这些报告中几乎没有明确指出恐龙吃的是什么东西。因为人们找到的只是恐龙骸骨的化石，很难从中考证出恐龙喜欢吃什么？个别有几篇

文献推测，恐龙喜欢中生代时在地球上普遍生长的蕨类、苏铁、银杏、松柏之类植物，但这也只是推测而已。

门巴见我埋头在一大堆厚书中发愁，便说："实践出真知。我们试着用各种食物给朗朗吃，它喜欢吃什么就给它吃什么。"

于是，我们就当起小恐龙的"炊事员"来了，给它找来了各种"饭菜"：青草、猪肉、鸡蛋、面包、青菜、鸡、大豆、山芋、香蕉、花生、生、竹笋、苹果、桔子……小恐龙都不理不睬。

会不会喜欢吃鱼呢？门巴特地去买了一条鲤鱼来。朗朗见了，破例地伸过头去嗅了一下，但它的嘴巴碰了一下鲤鱼之后，又缩了回去。从此，再也不睬那条鲤鱼了。

看来，小恐龙是喜欢吃鱼的，只不过鲤鱼不大合它的胃口。于是，门巴就想办法弄来各种各样的鱼——鲢鱼、鲫鱼、青鱼、黄鱼……在这些鱼中，小恐龙看中了那条大黄鱼，想用嘴巴啃它。不过，它的嘴巴太小了，啃不下去，只好摇头作罢。

这下子，我们在实践中摸到门路了：看来，小恐龙对淡水湖里的鱼没什么兴趣，而是喜欢吃海里的鱼！

我们马上挂电话与海洋渔业公司联系，得到他们的大力支持，立即送来许多小梅鱼。朗朗见了，"啊——哈"一声，跑过去张嘴便吃。吃了几条，便朝上伸长了头颈，摇晃着脑袋，大抵是让小梅鱼顺利地通过长长的头颈，落进胃里。接着，又吃了几条小梅鱼，再朝上伸长头颈，摇晃着脑袋……

第二天，海洋渔业公司的工人同志又用专车送来了许多小海虾。这下子，朗朗吃得更是津津有味，肚子撑得圆鼓鼓的。海洋渔业公司的工人师傅还建议弄点海带、紫菜之类海生植物给朗朗吃。一试验，果然灵验，朗朗非常喜欢吃。

小恐龙喜欢吃海鲜的消息传出以后，会战小组的同志都非常高

兴，大家夸奖门巴这个"恐龙饲养员"干得好。

从此以后，我们跟海洋渔业公司产生了密切的联系。每天，他们都派一辆专车，送来最新鲜的海鱼、海虾、海带、紫菜。朗朗吃着这些海鲜，长得更快了。

不到半个月，朗朗便长成一条水牛那么大了。不过，朗朗的头颈不知怎么搞的，还是那么细，只是变长了点，脑袋还是那么小，胖就胖在那身体，特别是屁股变得越来越大。走起路来，摇摇晃晃，活像只大肥鹅。后来，朗朗仿佛生起病来，不爱站立，不爱散步，整天躺在那里不动，精神萎靡不振。

朗朗的病，引起了大家的关切。特别是医学科学研究院、药物研究所和动物园的兽医室的同志们，他们自告奋勇给朗朗进行一次"会诊"。

经过认真地检查看来朗朗并没有什么大病。朗朗的胃口很大，大便

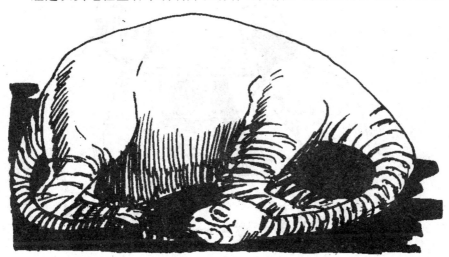

像牛粪似的一大堆、一大堆，很正常。它的心跳每分钟二十八下，跳得很有规律，呼吸也很正常。医生们用温度计测量朗朗的体温，测得早上 16℃，中午是 21℃，傍晚是 13℃，深夜是 17℃。朗朗的体温为什么时高时低呢？动物园的兽医们经常跟动物打交道，很有经验，说这是因为恐龙属爬行动物，跟蛇、乌龟等一样，是"变温动物"，也就是"冷血动物"。爬行动物跟人及牛、马、羊等哺乳动物不同，它们的体温不是固定的，而是随着环境温度的变化而变化。医生们接连测了几天，朗朗的体温一直是这样有规律地变化着。这说明朗朗的体温是正常的。

医生们用 X 光和超声波检查朗朗，证明朗朗的肺部没有异常病灶和阴影，肝脏也是正常的。当用 X 光检查朗朗的心脏时，发现它的心

脏里只有一个心室，动脉血液与静脉血液竟在心脏中发生混合。然而，动物园兽医说，很多爬行动物的心脏都是这样的——也就是说，朗朗的心脏也没毛病。

既然朗朗一切正常，为什么会萎靡不振呢？"会诊"的医生们经过反复讨论，最后认为：朗朗的病，可能是水土不服造成的。

听了医生们的诊断，门巴提出一个非常重要的看法：朗朗的脚像鸭脚那样趾间有蹼，又很爱吃海鲜，会不会本来就是生活在海洋里的动物？它的"水土不服"，会不会是因为从海洋到陆地上生活造成的？

大家一听，都觉得门巴讲得很有道理。经领导批准，决定用飞机把

朗朗运到海南岛的海滨水族馆去——那里气候温暖，更适合朗朗生活。

果然，朗朗喜欢南方的海洋。它一到海边，见了那浩瀚无垠的海洋，顿时什么病也没有了，很快地朝海洋奔去，一头钻进了海洋，一转眼功夫就不见了。

这下子，可急坏了门巴和我。在波涛万顷的南海，到哪里去寻找朗朗呢？

南海舰队听到珍贵的古代动物——恐龙逃掉了，立即开动十几艘高速气垫船和水翼艇，帮助我们四下寻找。我们整整找了一天，才在一块礁石旁边看到露出一个雨伞柄似的东西。定睛一看，正是朗朗——它全身浸在海水里，只露出小脑袋和一小段头颈，仿佛一只潜水艇似的，只露出一个小小的潜望镜。

门巴兴高采烈，连忙把双手贴在嘴边，做成一个喇叭筒，高声喊

道："朗朗，朗朗"，朗朗竟然向气垫
船游了过来。我们这才放心了。

不过，朗朗死也不肯上船，生怕
再把它运回陆地，门巴没办法，只好
用尼龙绳套住它的身体，慢慢地把它
拉向海边。

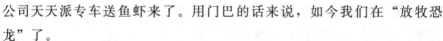

我们吸取了这次朗朗逃跑的教训，
在海边砌了一个比游泳池还大的围塘，
让朗朗住在里头。围塘四周有一道铁
篱笆，海水、小鱼、小虾能自由进进
出出，朗朗却跑不出去。

从此，我们再也不用请海洋渔业
公司天天派专车送鱼虾来了。用门巴的话来说，如今我们在"放牧恐
龙"了。

朗朗在海水中如鱼得水，非常自在，
非常活跃，一点病态也没有了。它时而
把头埋在水里，捞鱼抓虾，时而伸长头
颈，咽下食物。它高兴的时候，就划动
那带蹼的四肢，在海水中东逛西游；它
累了的时候，就一动不动地泡在水里，
只把小小的脑袋浮在海面。

在海中，朗朗长得比喝牛奶时还快
得多。过了一个月，朗朗变成一个庞然
大物了；它的头颈，竟然变得有三四十
米长，它的身体比三十二吨载重卡车还
大得多，四只脚竟有柱子那么粗。据我
们估计，它的体重将近有一百吨重。

在有关研究恐龙化石的书上，人们

曾依据化石推断：恐龙之所以长得那么大，这是由于它终生都在生长，也就是从幼到老一直在长个儿，而人和牛、羊等哺乳动物生长到一定阶段之后，就停止生长了。从我们养育朗朗的实践来看这一推断是正确的——朗朗确实一直在日长夜大，从不停息。正因为这样，朗朗才变成了庞然大物。

令人奇怪的是，朗朗虽然变成了庞然大物，但是它的头却只有普通牛头那么大，它的嘴巴也只有普通牛嘴那么大。在它的嘴里，长着钉子般的牙齿。牙齿几乎全都集中在嘴巴的前端。它的尾巴也变得很大很长，起码有十几米长。在朗朗游泳时，那尾巴左右摇摆，仿佛船橹似的推动它向前进。

朗朗皮肤的颜色也变了，背上变成青灰色，腹部变成银白色。到了这时，它几乎很少休息，那嘴巴整天不停地在吃东西，甚至连夜间也不休息，"加夜班"捕捞鱼虾。仿佛只有这样，才能从那小小的嘴巴中吃进足够维持它那庞大身躯的养料。

随着朗朗变成了庞然大物，它的行动也变得越来越迟缓，慢吞吞地在海里游动，成天把大半个身子泡在海水里，露出那小小的脑袋，不时发出"啊——哈，啊——哈"的宏亮叫声。

朗朗吸引了成千上万的人。每天到海南岛海边观看朗朗、研究朗朗的人，络绎不绝。

科学院决定对朗朗进行细致的科学考察，详尽研究这世界上罕见的古代动

物，罕见的活化石，研究这世界最高峰上发现的奇迹。

过去，人们只是依据化石来推断恐龙的形象和习惯。但是，光是依据化石，很难解决一些化石上看不到的问题。比如，恐龙是什么颜色的，恐龙吃什么，恐龙怎样生活，恐龙的习性怎样，恐龙的寿命多长，等等。

朗朗的出现，还纠正了古生物学上一些错误的观点，比如过去人们总认为，恐龙是陆生的，顶多只是喜欢泡在淡水湖泊中。然而，朗朗却以活生生的事实说明，有的恐龙喜欢生活在海洋中。会战小组认为，这很可能是由于恐龙的个子很大，身体很重，浸在海水中可以减轻它的脚所受到的压力。海水的比重比淡水大，海水的浮力比淡水大，为这种体态硕大的巨型珠穆朗玛恐龙提供了适应的条件。

然而，新的问题又产生了：珠穆朗玛恐龙既然是海生爬行动物，那么它

的蛋怎么会产生在海拔八千多米的世界最高峰上呢？要知道，人们要攀上这世界高峰，已是够吃力的了，很难想象这重达百吨、连海水都不愿

离开一步的庞然大物，怎么会爬到世界最高峰上去生蛋？

就在这时候，从世界最高峰上频频传来科学捷报：古生物学考察小组在桑布大爷的帮助下，在珠穆朗玛峰上找到了几条大型珠穆朗玛恐龙的化石，又找到了三窝恐龙蛋（只是再也没找到过一只"松香"蛋）。另外，还找到了许多鲨鱼化石、蓝黛化石、海带化石、黄鱼化石、珊瑚化石、海螺化石……地质学考察小组经过调查研究，证明构成珠穆朗玛峰的岩石是冲积形成的沉积岩，不是火成岩。

所有这一切，都说明珠穆朗玛峰地区本来并无高山，倒是一片海洋。经过科学家详细考证，证明珠穆朗玛峰一带在很早以前，的确是一片汪洋大海。这海叫做"喜马拉雅古海"。在古海里，生活着珠穆朗玛恐龙及海鱼、海螺、藻。后来，随着地壳的上升运动，海底逐渐隆起变成陆地，然后又逐渐上升为高峰，也就是说，山原是海，海变成山！正因为这样，本来是产在海边岩石上的恐龙蛋，也就上升到海拔八千多米的高峰上去了！

朗朗，正是"山原是海，海变成山"的活见证！

"山原是海，海变成山。"这一事实充分说明：大自然不是一成不变的，而是处于不断变化、不断发展之中，永远不会停止在一个水平上。这，才是在世界最高峰上找到恐龙蛋，以及取蛋、孵蛋、养龙等一系列成就的根本意义。

科学发展无止境。为了更进一步揭开珠穆朗玛峰的奥秘，我们和门巴离开海滨，又和考察队的同志们一起攀登世界最高峰，进行更深入细致的科学考察工作。

读了上面的故事，你一定会问："你们走了，把朗朗交给谁了呢？"

朗朗移交给了海南岛海滨水族馆驯养。

"朗朗后来怎么样了呢？"

后来，朗朗在海滩沙地上产了一窝蛋，整整三十个哩。

"哇，这下子能孵出三十条小恐龙啦？"

不，一条也没有孵出来。因为朗朗是雌恐龙，它产的卵未经过受精，所以无法孵化。

"现在朗朗还活着吗？"

朗朗活了两年多，就死去了。朗朗的死，说明恐龙虽然那么大，但是由于消耗大，寿命并不长。也有人认为恐龙在古代可能会活得更长，由于现在世界的气候条件和恐龙时代差异很大，不适应朗朗的生存，所以活不了多久。朗朗死后，恐龙又在世界上绝迹了。

〔中国〕叶永烈

张 磊 插图

双 脑 人

　　计算机专家本森，作为一个有发作性暴力行为的病人，被警察押送到洛杉矶一家最著名的医院。在那里，他将接受一次罕见的手术，以彻底治愈他那可怕的病——精神运动性癫痫。

　　全院的外科医生都被召集在一起，来讨论他的治疗问题，因为这是人类向大脑禁区进军的一次重大尝试。精神病科罗丝医生报告病情。她身材苗条，异常俊俏。

　　"本森，单身男性，34岁，两年前因车祸而不省人事，但第二天就完全恢复。可是半年后自己发现大约每个月都出现失去记忆的现象，每

次持续几分钟，而在每次发作前，自己都能闻到一种特殊的臭味。他找了医生，但没有好转，相反他发作的次数愈加频繁，持续时间逐渐延长，而且在醒来时发现自己来到一个陌生的地方，甚至身上负伤，衣服撕破，表明自己曾和别人斗殴，但他始终不能想起自己在失去记忆时所发生的事。近年来，本森几次被控暴力殴打他人，但终于被医院确诊。三个月前，他被控殴打一位青年舞蹈演员。但她后来撤去诉讼。药物治疗毫无效果，于是医院计划给他做手术。昨天他又袭击了一个壮汉，使其遭受重伤，现在手术安排在明天施行。"

年轻的莫里斯医生把本森带到现场。负责动刀的埃利斯医生当着本森的面，介绍次日手术的做法：用两根带电极的长针，扎到本森左侧大脑的颞叶，再连接一个火柴盒大小的计算机和一个钚电池（植入左侧肩胛部位的皮下）。每当左脑的颞叶发现异常电流而被计算机测得时，就通过电极来进行电击，从而防止一次癫痫发作。

在场的医生都知道，本森的脑子在车祸中一定受到了损伤，形成了瘢痕，成为异常放电的病灶。在一般情况下，引起肌肉抽搐，口流白沫。但若病灶位于大脑颞叶，像本森那样，就成为精神运动性癫痫，那是思维的痉挛，而不是肉体的抽风，还有古怪的念头（本森认为计算机终将超过人的智慧而统治世界），常有暴力行为，往往事前有先兆，比如闻到一股

怪味。

有人追问本森是一股什么怪味。本森可怜地沉默着，但他不得不回答："很难闻的怪味，像是……像是松节油加猪粪"。在本森退场后，退休教授曼侬提出异议："他有严重的人格障碍，你的手术能治好他吗？"

埃利斯回答："不能，但他的发作无论对他还是对别人都已形成生命的威胁，而手术能防止发作。"再也没有问题提出来了。

当天晚上，有一位名叫安吉拉的十分漂亮的姑娘给本森送来一个旅行袋。莫里斯医生答应转交，但拒绝她探视。本森打开旅行包，其中除了睡衣和电剃刀以外，还有一个黑色的假发和一套旋凿。假发是他出院时用来遮掩他被剃光的脑袋或惹眼的绷带的。而旋凿呢？本森说这是他的护身符。莫里斯就答应他留下了。

手术按计划进行，一切顺利。但刚刚过了两天，本森突然失踪了。罗丝推测他是趁着房门外的警察偷空去买烟的时候，溜到病房的储藏室，换上卫生员的白上衣和白长裤，戴上假发后逃跑的。

可怕的不仅是本森本人的安全，要知
道在监视本森脑电波的计算机投影中的
曲线急剧上升，表明他显然喜爱那
些电击，因而越来越频繁地开始
癫痫发作，到早晨六点将达到高
峰，那时再强的电击也控制不
住，一次癫痫大发作将出现，
遇上他的人就大祸临头了。

埃里斯、莫里斯和罗丝分
头去本森平时爱去的俱乐部，
他的工作单位和他的家，都没
有找到他，但发现他在午夜
回过家，拿走了
手枪、一
张蓝图和一个工具箱。他们束手无策了。

早晨6点刚过不久，洛杉矶警察局的安德斯上尉打来电话，要他们
记下地址，立刻赶去。"这儿有人被谋杀了！"上尉说。

罗丝驱车来到一套公寓房子，三十多岁的上尉领她进去。死者就是
那位漂亮的舞蹈演员安吉拉，头部的一边已被人用床头的台灯砸扁。罗
丝盯着那位姑娘的凹陷的脑袋，她能想象那袭击之突然，行动之狠毒。
由于现场发现本森的身份识别牌，加上其他的证据，凶手已确定无疑。
罗丝把本森的情况说了一下，上尉要求她以后作
进一步的解释。罗丝把自己的地址给了他。

罗丝回家洗澡。二十四小时没有睡过觉了，
迷迷糊糊地，实在是累极了。门铃响了起来。
"请进，门没有锁，"她喊了一声，把浴巾裹紧，
探头一看。站在那里的，是本森。她多么害怕
呀。这真奇怪！她很了解他，同他单独地谈过多

次，从来就没有怕过。但现在情况不同，处境
不同，场合不同。他彬彬有礼地点头让她去换
衣服。

艰难的谈话开始了。

"你怎能找到我这儿的？"

"我很小心，我在去医院以前就打听到你
们的住址了。"

"你怎么了？"

"我穿着白制服下

楼，安吉拉开车把我搭上，一起到我家，
然后又去她的公寓。我们喝了酒，睡了
觉。当我告诉她这一切将如何结束的时
候，她害怕起来，想去通知医院，说我在
她那里。然后，然后……"他又糊涂起
来。他有过一次发作，回忆不起杀人的
事。他的健忘症是真正的、彻底的。"你
们骗我，你们全在骗我！"他微笑起来，
瞳孔短暂地扩张了一下，看来很快就要到
达最高点了。

她现在才真正了解自己的危险处境。

谈话并不能关闭他脑中的电路，它正在无
情地把他推向新的发作。她唯一想做的事
是把他弄回医院，重新来过。她只能求助
于他的理智。

"你知道是怎么回事吗？"她说，"刺
激太强了，使你经常发作。"

"可是感觉非常美妙！"

"可是当你去安吉拉的公寓时……"
她的话被打断了。

"我什么都记不起来了。你们想把我
变成机器，我要跟你们斗争。"他板着的
脸突然又变成微笑。又一次发作，相隔的时间更短了。她该怎么办？

"如此美妙的感觉，我愿沉溺在
这种感觉里，永远，永远。一小
时前我发了病，我醒来时发现指甲缝
里有血。手术根本无效！"他泪水滚滚
而落。

他突然吸起鼻子来。"这是什
么气味？我恨它！"他吸着鼻子，
双手朝她伸了出来，脸上毫无表
情，一步步地走过去。突然，他

抄起一个沉重的烟灰缸，向她砸去。她刚躲开，却被他一把抱住，死命地挤，就像熊的攻击一样。她用膝盖向他胯间一顶，他立刻放手，弯腰猛咳不止。她刚拿起电话，他已追了上来，一把扯掉电话线，她逃到厨房。本森也追了进来。 罗丝残存的理智告诉她：厨房里是有东西可利用的。是什么呢？

本森的双手已经掐住她的脖子。她死命挣扎，却动不了，更不能呼吸。她双手拼命舞动，但什么也摸不着。她眼前已经发绿，越来越大的蓝点也在眼前浮动。她快要死了，死在厨房里。厨房，厨房，"厨房的危险"，在她昏迷前的一刹那，一个念头像闪电一样袭来：微波！

她终于摸到微波炉的控制盘，用力一拧，本森大叫起来。脖子上的压力立刻松了。她颓然倒在地下，模模糊糊地看见本森捧着脑袋在嚎叫，像一头受伤的野兽，没命地冲出屋去。

当罗丝把一切都跟来访的安德斯上尉解释清楚的时候，已是中午时分了。

"你认为本森现在在什么地方？"安德斯上尉问她。

"没法说。"罗丝摇着头。她疲倦不堪了。

"洛杉矶有五百平方英里，比纽约、芝加哥、旧金山和费城的面积总和还要大，要躲起来实在是太容易了。还有那么多的机场、公

路和码头，逃跑起来也易如反掌，"安德斯坐不住了。

"不，他不会躲藏，更不会逃跑。我觉得，我觉得他会潜回医院！"

年轻的莫里斯实在不耐烦那两位警方的病理学家在做尸体解剖时的磨蹭劲儿，便溜达到隔壁的房间去。那里正在登记安吉拉手提包里的东西：唇膏、粉盒、发夹、皮夹、圆珠笔、泡泡糖、汽车钥匙，还有两盒火柴。两个登记物品的警察也是那么慢条斯理，使他厌烦地叹了口气。

"两盒火柴，"为首的警察拉着长音说，"都有玛丽娜机场饭店的标记。"

莫里斯揉揉眼睛，三十六小时没有睡过觉了，他想去喝杯咖啡。他刚走出门去，却突然停下脚步，浑身哆嗦起来。玛丽娜机场饭店的火柴！

本森第一次被捕的地方，正是那饭店，因为他在那里殴打了一位机械师。

莫里斯驱车来到了这家饭店。他对那里的服务员软硬兼施，才得知本森刚去过饭店，一小时前与一名叫约瑟的机械师一起离开。后者在联合航空公司工作，现在值夜班。莫里斯给安德斯打电话。

"明白了，你认为他会去机库吗？"

"也许会。"

"我们马上赶来。"

莫里斯估计安德斯在半个小时后才能赶到，所以怕本森在此以前溜掉。他决定去跟踪。

一个用大字写着"联合航空公司——仅容维修人员入内"的牌子下有一个警卫室。那警卫无所谓地告诉他：约瑟已来了半个多小时了，还带来了客人，在七号机库。

"七号机库放着什么呢？"莫里斯问道。

"一架 DC－10，准备大修。约瑟大概想给那客人看看。"

莫里斯在七号机库旁停了车。这是一座庞大的建筑，在左边一头有一扇普通的门。他走了进去。

机库里一片漆黑，阒然无声。他摸到墙上几个很大的电闸，把它们合上。库顶的电灯一排排地亮了。机库中央有一架飞机，由于放在屋里，显得硕大无比。他突然听

到一声呻吟，不知从何处传来。这里杳无人影，地上也是光秃秃的，但机翼旁边有一个梯子。他向梯子走去。这时又听到一声呻吟，使他加快了脚步。他登上梯子，爬上机翼，发现那耀眼的机翼上有几滴血。他沿着机翼望去，看见一个人仰面躺着，浑身是血，脸上血肉模糊，一条膀子扭在身后，奇形怪状，十分恐怖。突然，机库里的灯光一下全都熄灭了。

莫里斯完全迷失了方位。他蹲了下来，然后一动不动，屏住气息。这时，他听到一声轻轻的笑声，不由地胆怯起来。"本森？"

没有回答。"是本森吗？"

还是没有回答。但是响起了脚步声，朝这里走来。"本森，我是莫里斯医生！我想帮助你！"还是没有回答，但脚步声停止了。莫里斯的心脏猛烈地跳动，呼吸十分困难。

吱嘎一声，又是一声。本森在爬梯子！莫里斯一身冷汗。梯子有几层呢？大约六层。本森马上就要登上机翼了，莫里斯浑身已经湿透。

鞋！他赶快脱下一只鞋，紧紧握着，心里突然明白：他不得不竭尽平生之力，来跟本森性命相搏！

远处响起了警车的警笛声，而且很快地逼近。警察已经赶来！吱嘎一声，本森正在爬下梯子了。莫里斯如释重负，但脚下的机翼颤动了起来。呀，本森已经站在机翼上了

"莫里斯医生！"

莫里斯差一点张口答应，但他立即明白：本森也是什么都看不见，需要他说话来确定方向。

"莫里斯医生，请你帮助我，求求你！"

也许他是真诚的，莫里斯想道，若真是这样，作为他的医生，自己有这种责任。于是他站起身来。"我在这儿，

你不要紧张……"

"呼"地一声，他的嘴巴受到狠命的一击，立刻被打倒，在机翼上滚了几滚，然后坠落下去。安德斯上尉赶到时，本森早已逃走。莫里斯是被一根自来水管子打的，他那本来很好看的脸，其下半部已成了一团烂肉，连嘴巴也难以找到了。

本森的相片和案情已经通报全城，市建筑设计局的人来报告：此人曾在十天前，用电气工程师的名义，以核查建筑物为由，复制了医院的建筑蓝图，大概就是他从医院逃跑回家时取走的那张蓝图，所以他已掌握了医院全部电路系统。

午夜，本森打电话给睡在医院里的罗丝医生。

"我不舒服，我要它停下来，我疲倦极了。"

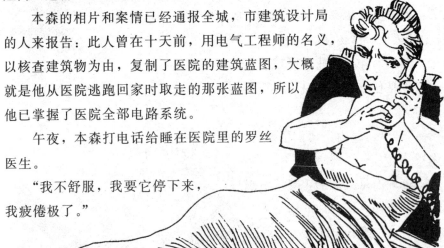

罗丝完全理解——二十四小时连续不断的刺激呀！

"我们可以帮助你，"罗丝说。

"我不相信！我想把你们埋藏的电线扯掉，但是太痛，没有成功。我只好自己来修理计算机。警察还在搜捕我！"

"不，这里没有警察，全都是误会。你赶快来吧，一切都会好的。"

一声长叹。"我知道这一切如何结束，我只能自己干了。"

电话挂断了。

"你认为他说的计算机是指哪一个？是指他自己大脑中的，还是指医院的大计算机？"刚才在分机中监听的安德斯上尉先问电话公司这电话是从哪里打来的，然后问罗丝。

"难说。"

"我是问有没有可能是指医院的大计算机？"

"当然可能！"

电话公司来电话：在本森打来电话之时，医院没有来外线电话。这就是说，本森已在医院，他是用医院的内部电话打来的。

安德斯叫来二十几个警察，然后要罗丝带他去看看地下室的计算机主机。

他们两人来到地下室。一阵冷风袭来。这里犹如迷宫一般，到处是过道和拐角。食品自动售货机被人用斧子砍开了，满地都是饮料和食品。他们来到计算机室，蹲在大玻璃窗下，向里窥视。十多个计算机部件摆在大屋内，在荧光灯下，耀眼夺目。这时，他们都看见他了，正在走动着，头戴黑色假发，身穿白色制服。

安德斯把罗丝按趴下，然后向门口爬去，举止僵硬，神色紧张，她发现上尉也有几分害怕。安德斯猛地把门撞开，跳进屋去，趴在地上，大喝一声："本森！"立刻就是三声枪响，然后是两声。这是一声惨厉的尖叫。罗丝紧闭双眼，只听得安德斯喊道："本森，举手投降吧！"又是几声枪响。突然哗啦一声，本森用身子撞破了玻璃，落在她身边，一条白色裤腿上已经鲜血淋漓。

他立刻窜到走廊远处去了。

安德斯从计算机室里奔了出来，尾随着追去。两人的脚步声渐渐远去。罗丝站起身来，走进计算机室。计算机已遭严重破坏。本森的斧子放在墙角。然后她看见那把枪了。她拣了起来，觉得它很沉，很大，而且油腻腻的。她知道安德斯现在手里有枪，那么，这把一定是本森的了。

不知从什么地方又传来四声枪响。一切都结束了，她想。但这时又传来三声枪响，而且越来越近。于是她明白：本森还活着，事情还没有完。她听到跑来的脚步声，就低身躲在一台磁带库后，听见有人把房门打开又关上。然后又是第二阵奔跑声，跑过计算机室，一直沿着走廊跑下去。于是一切又都安静了。她站起身来。

本森两腿叉开着坐在地下，上身依着墙，汗如雨下。

她手里握着枪，心里一阵高兴。他终于活着回转来了，警察没有把他打死，她总算能和他单独在一起了。

"本森！"

他微微一笑："罗丝医生！"

"一切都会好起来的，"她呆着不动，为的是好让他放心。她心里已经想好，天不亮就把他送去做急症手术，把腿伤处理一下。在早晨就可以把他体内的计算机线路断开，把电极的程序重新编排一下，一切就纠正过来了，一场灾难就将避免。

"罗丝医生，"他挣扎着要站起身来。

"别动，呆着别动！"

"这是我的枪！"

"现在在我手里！"

"我受伤了。"他苦笑着。

"别动，能治好的。"

"你不会开枪吧。"

"你是我的医生，我料你不会开枪，"本森朝她走了一步。

"别再走过来。"

但他微笑着又走了一步。她害怕了，既怕自己会开枪打他，又怕自己不开枪。

"我要手枪，给我！"本森又跨了一步，再跨了一步。

"请你别再走过来，求你！"

他微笑着又跨前一步。

她扣了扳机，子弹飞出去了，枪声响得令人痛苦，而那枪的后坐力差一点把她摔倒。

本森还站在那里，眨着眼睛，然后又笑了。

"不是你想得那么容易吧！"

她的手哆嗦得更厉害，不得不用另一只手帮忙。

本森向前逼进。

"不许再走前一步，我是当真的！"

"你是我的医生，不会伤害我的！"

他伸出双手来抓枪。她再次扣动了扳机。

本森的身子猛地撞到打印机上，又滚到地下，仰天躺着，鲜血

从他的胸脯喷射出来。

　　以后发生的事，她记不很清楚了。安德斯从她手里取走了枪，然后用一只手揽住她的肩膀。于是她失声痛哭起来。

　　　[美国]克赖顿　原作
　　　　中　庐　改写
　　　　仁　康　插图

远征沙非斯

一、怪异的雷雨

2076 年夏季的一天，气象预报，天气晴好，可是却出人意料地下了一场暴雨。这场暴雨来得突然。几道划破天空的闪电突然带着随后响起的隆隆雷声，降临大地。顷刻间天色昏暗，大雨倾盆。这场暴风雨来得突然，去得匆匆。一会儿工夫，雨过天晴，又像什么也没发生过一样。然而奇怪的是，大街上躺着不少人。一个个全都活着，却一点儿想

不起自己的姓名和住址。更糟的是，他们几乎连话也说不出来，变成了白痴。

于是这些人被送进了医疗中心，并由人脑研究所的专家配合会诊。结果发现，这些人身体健康正常，但都已丧失了正常的思维功能！据统计，第一次雷雨后，有 100 余人丧失了正常思维功能；第二次雷雨，造成了 400 余人遭难。这一事件，引起了大地联邦政府的重视，立即指令弗希亚特种部队负责侦察。弗希亚发出警报叫人们在雷暴雨期间隐蔽起来，同时动用最先进设备对雷暴雨全过程进行监测，结果测出一种威力无比的辐射线。据测算，这种射线来自一颗名为沙非斯的行星：这是一颗昏暗的尚未被探明的行星，在距地球数千光年之遥的宇宙中。

弗希亚决定派出一艘配备作战和科研先进装置的超光速宇宙飞船远征沙非斯星。

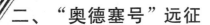

二、"奥德塞号"远征

远征沙非斯星的宇宙飞船名叫"奥德塞号"，由指挥官朗·威埃康任船长。

宇宙飞船起飞顺利，3秒钟之后已跃入太阳系外层轨道，机械长凯伦姑娘准确地标出了跃出银河系进入新航线的座标。

"宇宙空间时差正常，准备快速跃进！"

"奥德塞号"控制室仪表信号不断闪亮，飞船以超光速向沙非斯星方位射去。尽管船速超过闪电，但船长和导航军官冷静地躲过不少较大的陨石雨，自由地在太空飞翔。三天后，"奥德塞号"已接近沙非斯空域。

"全体乘员注意，"指挥官朗·威埃康发出指令，"立即进入一级战备；监测组启动全套仪器，进行探测，集中数据随时报告！"

蜂鸣器随着响起警报声。

然而5分钟过去了，沙非斯星竟然毫无反应。"奥德塞号"开始进入围绕沙非斯星的外轨道。这时，飞船示警灯突然全部呈现桔红色的闪光，危急信号器发出不间断的尖啸声。

"航向仪表失去控制！"凯伦惊骇地报告说。

"拨七号档！"朗·威埃康

命令道。

"是，拨七号档！"凯伦复述着命令，看着仪表指针狂乱地跳动，"七号档失控，首长！"

看来，有某种不明力量正在干扰"奥德塞号"的航行，似乎企图控制飞船。"奥德塞号"遭到强大引力的影响正朝沙非斯星猛力俯冲。

"我们快要坠毁啦！飞船会撞得粉碎的！"格雷格大声惊呼起来。

"保持镇静！"指挥官朗·威埃康临危不惧，冷静地发出命令，"全部引擎开倒车！"

机械舱发出一阵低沉的隆隆声，引擎已经倒转。

"航速不稳定，但仍旧飞得很快！倒车不中用！"格雷格惊魂未定地报告说。

"一定是有某种东西在利用我们的动力！"朗·威埃康迅速作出判断，"关掉所有的引擎！"

格雷格重复指令的同时，立即关掉了全部动力。

"航速开始减缓！"格雷格报告。

"必须切断更多的电源！"指挥官命令发出的同时，凯伦已把闸刀拉下。全船昏暗起来，只剩驾驶室安全灯闪着微弱的绿光。

飞船下面是沙非斯星的深蓝色云层。朗·威埃康贴近舷窗。"利用这星球的引力，让我们降下去！"指挥官命令道。"沙非斯星比地球小，着陆该不会太猛。警戒组做好战斗准备！"

三、出师失利

"奥德塞号"在一片密林中着陆。远处依稀可见一排灰暗而高大的建筑。

"四人纵队，全副武装！"朗·威埃康发出命令，"穿上防辐射太空服，警戒性搜索！"

凯伦、卡尔、梅诺和格雷格四人一队，离舱后警惕地朝前走去，小心翼翼地接近这座暗灰色建筑。

"停止前进！"卡尔惊愕地说，"他们正在搜索我们，注意示警信号器！"

"知道了!"梅诺拉开莱塞枪的保险,愤怒得脸色铁青。

突然,梅诺倒了下去,在地上打了个滚。眨眼间脸上的怒气全消,竟脱去鞋子,玩弄起自己的脚来。

"哎哟,不好了!"格雷格一见这光景,马上惊叫起来,"梅诺被击中了,他们夺走了他的思维功能!"

"大家镇静!"凯伦努力抑制内心的激动和恐惧,"马上撤回飞船!"

"他们正在摄取我们的思维功能!"格雷格两眼圆睁,额角上汗珠直淌,吓得魂不附体,"我们没希望了,快完蛋了!"

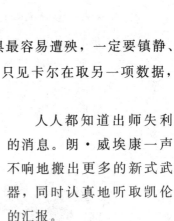

格雷格开始奔逃,可是没跑几步就跪在地上哭起来,开始吮吸起大拇指来。

凯伦很快得出结论:恼怒、激动、恐惧最容易遭殃,一定要镇静、放松! 她回头看了看卡尔是否跟着自己。只见卡尔在取另一项数据,边退边检测。卡尔在工作,没事!

人人都知道出师失利的消息。朗·威埃康一声不响地搬出更多的新式武器,同时认真地听取凯伦的汇报。

"数据显示,探测器只在我们靠近灰色建筑时才有反应。是一种光射线击中了我们,大概是一种扫描!"

"抓住时机，测定那扫描！叫海伦来！"

海伦启动计算机，立即输入问题：扫描光速是什么？什么东西击中了梅诺和格雷格？

计算机显示：扫描光速接收到它扫到的一切；它具有受探物波长，可扫到人脑波长。

"注意梅诺和格雷格的脑活动指数！"朗·威埃康说，"梅诺的指数是 64，格雷格 62；凯论和卡尔脑活动频率都较低。所以……"

"激动、发怒、恐惧就会让那种扫描射线有机可乘。果然让我猜中了。"

突击队重新按检测结果进行了调整。凯伦把一架醋酸发射器缚在腰部，这是很厉害的武器，能毁掉任何生物体。

朗·威埃康、卡尔和凯伦穿过森林，朝那个铜墙铁壁似的灰色城堡走去。

"瞧！"凯伦指着那座建筑物说中。

朗·威埃康和卡尔抬头远望，见到远处一队沙非斯人朝这边走来。他们比地球人矮小，胸膛却很宽，类似人，眼睛却直愣愣毫无生气。他们在不远处，拐弯进了森林。

那队人走后，三人才继续前进，最后接近了那座庞大的建筑。卡尔取得了另一数据：那东西在释放巨大能量。凯伦则有了新发现。

四、重新组织进攻

原来庞大的灰色建筑是沙非斯人的电子控制中心。两座建筑之间有一条管道相连，其中白色带子在不停地运行

"这显然是电子计算机系统！"凯伦猛地捻响了手指，"有了，我们有办法啦！"

"对！"朗·威埃康表示赞同，"来一次全面进攻！"指挥官斩钉截铁地做出了决定。

他们的作战计划非常简单，就是集中进攻那两座巨大的电子计算机系统：卡尔率战斗队伏在右侧；指挥官亲自带另一队逼向左侧。各战斗队的一半战士攻击两座计算机；另一半担任火力掩护，并狙击沙非斯人可能发起的袭击。

时钟正指 8 点，进攻开始了。战斗队左右散开。莱塞武器和离子武器一齐开火。令人惊骇的是，建筑物上竟毫

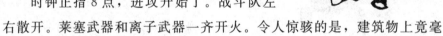

无伤痕！一个高大结实的女战士愤怒地冲上去，在靠墙1英寸处抵进射击。莱塞枪热得握不住，落在地上，女战士同时倒下失去了思维功能。

朗·威埃康突然发现有一根杆状物从灰墙顶部升起。一名战士立即朝它打了一枪。那东西马上缩了回去。当那个战士再次向又伸出的杆状物射击时，不料那杆子里猛然喷出一股蓝色的火焰，刹那间，那战士已化为灰烬。

显然，沙非斯人就是靠这庞大的计算机中心城发射波束和蓝色火焰来摧毁一切的。

特种部队损失惨重：四个阵亡、其余丧失思维功能，只剩指挥官朗·威埃康、凯伦、卡尔和海伦。然而，这更坚定了他们摧毁沙非斯这座控制中

心的决心。

"牺牲惨重，情况都已清楚。"指挥官鼓励仅存的队员说，"集中火力击穿他们的连接管道，在信息带上多打些洞，我们给它一份新的信息，静观反应，然后采取下一步行动。"

"我去，首长。"海伦果断地说，"我是计算机师。"

海伦是个极其冷静的计算机专家，脑波指数低，沙非斯人的扫描波束短时间不大容易对她起作用。她打开莱塞枪和醋酸发射器的保险栓，匍匐地贴近连接管道，一举击穿了管道，把"自行关熄"指令译成信息洞孔，打在了信息带上。等了一小时，它竟毫无动静。

"显然，它保护自己是用自行编制的程序，它不接受误导。"

"但是，它会出错。请看这数据！"卡尔将检测结果显示给大家看。天气明显变冷，这是因为那家伙受到我们超强火力攻击后，误认为天气过热而自动使这周围变得冰冷的。

"不错，数据显示，它那致命的蓝光射击杆在我们射击能量急骤上升时，便缩短了自动喷火间隔时间。"海伦补充说。

"有了！"朗·威埃康和凯伦不约而同地喊了起来。指挥官立即下令："我们集中火力攻击那堵墙，要利用蓝光喷火杆的间隔喷火时间，以最快速度让它加热，使计算机中心上当！"

"这是唯一的希望。"凯伦说，"我们对那计算机的外护壁加温，它就会竭力降温。这样，海伦，我们就破坏两座计算机中心的联系，使它们不能相互正常交流信息，它们也就弄不明白在做错事。沙非斯人显然只依靠信息行动。"

五、妙计取胜

第二天凌晨，卡尔取得了数据，发现那座计算机每隔一分钟扫射一次。生存下来的四位勇士按计划带上装备，乘战车朝那座"计算机城"驶去。

飞船外，寒霜遍地。昨夜的超常加热轰击已起了作用。卡尔碰了一下朗·威埃康的手臂，指着一座低矮房屋和丛林边缘的一片旷地。那里躺着几具沙非斯人的尸体。他们不懂得怎样御寒保暖，显然对突然降温到零下40摄氏度无法适应，猝不及防，而受了自己计算机自动控制降温之害。

"准备轰击!"朗·威埃康转向凯伦和海伦,"去修复信息带,按计划行动。"

指挥官和卡尔把全部火力集中在一个攻击点上,他决心以生命作赌注,背水一战。那墙约有15米高。战火激光武器和手动便携式武器一齐开火,准确轰击在一个点上。

与此同时,凯伦和海伦已完成了任务。信息带正在开始运转。

"首长,那墙渐渐地热起来了。"凯伦报告说,"它不久就要还击。"

"哎哟,不好啦,你们瞧!"海伦打断了他们的谈话。计算机中心墙壁顶部射击杆正在升起,顷刻间一股蓝光火焰射向战车。幸亏他们已经弃车隐蔽,未遭毒手。只见爆炸连声,眨眼间,自动控制战车已化为乌黑的一团废铁。不过,令人惊讶的是,射击杆竟自动转向,两座计算机忽然彼此对射起来,同时响起噼噼啪啪的

爆炸声。

"信息误导终于成功啦！"海伦兴奋地说。

接着，一团团黑烟从两座高墙背后喷向天空。墙上开始出现洞孔和裂缝，火焰窜起，映红了半边天空，直冲云霄。

"立即撤离。"指挥官朗·威埃康见作战计划已经实现，马上发出指令。

现在，他们再也不必害怕那摧毁意识功能的射线了，也不必提心吊胆地缓慢行走，避免过分激动了。他们不禁兴奋起来，急速奔回宇宙飞船"奥德塞号"。

登船后，凯伦未等朗·威埃康启动指令下达完毕，便已启动升空装置。"奥德塞号"发出隆隆的轰鸣声腾空而起。

朗·威埃康一拨观察屏的电钮，大

家便从屏幕上看到那座巨大的建筑物在烈火中焚烧。另一座计算机中心蓝光射击杆仍在轰击。

"它又在捣什么鬼?"卡尔问道:

"它正在自我保护,误以为自己受到攻击,"朗·威埃康笑了笑说,"这是海伦误导信息带输入管道的功劳。"

眨眼间,另一座计算机库射击杆也开始在不断升温中彼此对射起来。

没多久,"奥德塞号"已跃入沙非斯星外围轨道航线。荧光屏上激烈的对击仍旧清晰可见。接着,飞船微微抖动,大约是受到沙非斯星计算机城大爆炸冲击波的影响。

"数据显示,轰击逐渐沉寂,那庞然大物已成了两大堆废物!"海伦凝视着屏幕和检测仪读数报告说。

"可以休息一下了!"指挥官朗·威埃康终于松了一口气,接着发出指令:"凯伦,调整航向,做好超光速跃进准备。全速返航!"

卡尔拿来了太空饮食,分发给身边的同伴。

"首长，沙非斯人将怎么办呢？"

"沙非斯人会因此死光吗？"海伦不免动了恻隐之心，担忧起来。她仿佛忘记了阵亡的战友。

"我想不会。"朗·威埃康平静地说，"他们会重建沙非斯，重新生活，重新获得自己的理想。难道你忘记地球的类似痛苦经历了吗？"

"报告首长，航线已经标出，超光速跃升准备完毕！"

"好！"朗·威埃康说，"各就各位，束紧安全带，让我们回家去！"

[美国] 迈尔斯　原作

陈渊肇曾艾莹　改写

张仁康　插图

一千万包泡泡糖

鲁发糖果公司的小老板鲁刚，有天开车去科技宫送货，正赶上那儿开"信息社会新产品展销会"。他心血来潮买了一台长城机。

等长城机在自己家里就了位鲁刚才发现，这玩意虽然功能极强可操纵它的人也真得有点学问才行。有一天鲁刚的儿子大发请在太空城长大的同学宇生到家玩，大发给宇生表演了用长城机控制开灯、关门、定时做饭、图书查阅之后，宇生颇为含蓄地说了句："这机器，至少还可以挖出它95％的功能。"

接下去他熟练地敲了一阵键盘，果然是花样层出不穷，令人目不暇接，使鲁家父子佩服得五体投地。

"你就是我们鲁家的辅导教师了！我要给你发一委任状，聘请你担任我们糖果公司的高级顾问……"鲁刚激动得嘻嘻地笑，一把接一把地往宇生口袋里塞糖果。

宇生对糖果没有什么兴趣，在太空城多年生活使他养成了严

格按营养食谱进食的习惯，从来不会因口味的好恶而挑肥拣瘦或暴饮暴食，他的注意力被一台老式晶体管收音机吸引住了。

　　"嗬！这台收音机真好玩，晶体管、电阻、电容器，一件是一件的，一目了然，简直像一块示教板！"宇生打开收音机的后盖，赞叹地说。

　　"这还是我摆小摊那会儿买的呢，起码有二十年了。"鲁刚说。

　　"在太空城根本看不到这类占地方的笨重产品，宇宙公司的电子产品集成度都太高了。"宇生对这台老式

收音机似乎有点爱不释手。

"太空城也没有纸做的书吧?"鲁大发问。

"纸书是很珍贵的。我十岁生日时得到的礼物中就有一本火星出版社出版的纸书。"

经过鲁发糖果公司高级顾问宇生的几次辅导,鲁家父子对自己的长城机有了一定的了解,大发也掌握了一些基本的使用方法。由于鲁家的计算机是由大发当家,所以大发觉得自己绝对有把握发指令接通做梦机,把自己亲手编排的梦传送过去。

"4点45分",离放学还有15分钟。争取用这最后的一刻钟编一段短梦,然后通过通讯网送入自己家里的长城机便可以回家等着做梦了。大发心里盘算着。

做个什么梦呢?原始森林?火星旅行?地心游记?对了还是梦泡泡糖吧,这样的梦好编一些。"梦游泡泡糖王国"到处都是可以吹出电视机那么大,不,可以吹出房子那么大的大泡泡的泡泡糖。干脆,泡泡糖王国的房子就是用泡泡糖吹出来的,一切东西都是用泡泡糖吹出来的……大发一面海阔天空地想着,一面敲动着键盘。

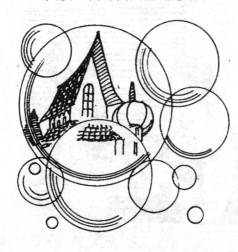

"品名?"屏幕上显示出了讯问信号。

"泡泡糖。"大发从键盘敲入。

"数量?"

"10000000。"大发随手敲了个大数,反正是做梦,随便敲个数就行,不必过分认真。

"时间?"

干脆把时间定早点儿,反正作业已经做完了,放学回家就先

躺在床上做梦。大发想着，便从键盘敲入："4月3日18：00。"

大发匆匆忙忙地跑回家，三步并作两步冲进自己房间，麻利地踢掉鞋子，拉上窗帘，一个鲤鱼打挺上了床，气喘吁吁，双眼紧闭，一心等待美梦来临。

耳边传来一阵轻柔缥缈的乐曲声，如神曲，似仙乐，墙上的电子钟敲了六下，"……泡泡糖……泡泡糖……"一种刻板的机器人语音由弱而强淹没了那轻松的音乐。开始做梦了！大发心里想。

"鲁大发先生注意！你订购的泡泡糖已准时送到你家的大门口，请打开大门准备接货……"

那刻板的人造声音一声比一声更高，那声音也越来越清楚，不大像是在做梦？大发伸手拧了一下自己的大腿，哟！还真痛！怎么不是在做梦？

大发掀开毯子，睁开了眼，在屏幕上看到四辆大货车正停在自己家的大门前，车箱上写着："迅达遥购中心"。

也许是爸爸订的货，大发无可奈何地想，顾不上等做梦，只得翻下床，到大门口去应付这四辆大卡车。

"我们是迅达遥购中心的 4、5、6、7 号送货员，"停在最前面的四号车用电眼缓缓地在扫视着鲁大发，"按指示我们于 18：00 将 10000000 包泡泡糖送到天山南路 263 号，请指示卸货地点。"

"这泡泡糖，这货物的收货人是鲁刚吧？"大发怀着侥幸心理问。

"收货人是天山南路 263 号鲁大发。"4 号机器人耐心地说道，并且"嗒、嗒、嗒"地吐出一张小纸条，"请看送货单。"

大发接过纸条一看，千真万确，四车泡泡糖的收货人真是他鲁大发，订货时间 4 点 45 分。

大发猛然醒悟过来，而这订货数量 10000000 包，订货时间 4 点 45 分，到货时间 18 点整，

恰恰就是他鲁大发刚才编造的"梦"中的几个数字！竟然想不到会弄假成真，浪漫世界中的一枕黄粱变成了现实世界中的严酷事实？没想到号称泡泡糖大王的鲁大发竟也有为泡泡糖太多而犯愁的时候！

怎么办？把这四车糖都卸在家里？没有地方放。让他们把糖送到店里？爸爸一定会生气的。也许该让他们把糖全都送到学校去，组织全校同学来一场泡泡糖大奖赛？

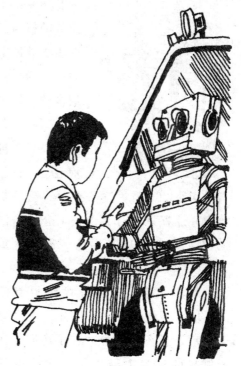

大发这样海阔天空地胡思乱想着，那四辆自动送货车却着了急。"请鲁大发先生尽快地收货！请鲁大发先生尽快收货！收货时间定在 18 点整，现在的时间已经是 18 点 12 分！客户不能准时收到订货是我们的重大失职！"四号

车大声说，他大概是车队的队长。

"遥购中心有可能以为我们的控制程序失灵而将我们送进维修车间！"五号车插嘴说。

"我可不愿意让他们大卸八块！"六号车尖叫起来。

"搞得不好还会被换个脑子！"七号车沮丧地说。

"我就是鲁大发先生，"大发无可奈何地说道，"我倒是不在乎晚几分钟收到这糖，我会给你们签发优质服务证书的。不过，不过，我想退货，请你们帮我把糖运回去！"

"迅达遥购中心的订单都是通过加密的信息网制作的，我们只负责按指令送货，没有处理商务的权力。"可能是因为大发答应给他们签发优质服务证书的缘故，说话的语气也平和多了。

"可我是要做梦，梦见泡泡糖，并没有让你们真的送糖来啊！"

"鲁大发先生，我们按指示于 18 点整将 10000000 包泡泡糖送到

天山南路 263 号，这条指令我已反复与中心计算机核对无误，不会有错误的。"四号车不厌其烦地一遍遍地重复着。

哦，一定是做梦程序编得有问题！应该赶快请教一下宇生。大发撇下自动送货车，转身冲进了房间，在长城机的键盘上敲入了宇生家的通

讯码。

屏幕上立即出现了坐在计算机终端前面的宇生。宇生回到地球以后，就住在他叔叔家，他叔叔是一位电脑硬件专家，住在他家，宇生可以接触到最新电脑技术和产品，真是如鱼得水。

"宇生！宇生！泡泡糖真的来了！我是说，不是泡泡糖梦，而是真把泡泡糖送来了，整整有四卡车，你说该怎么办？"没等宇生开口，大发便忙不迭地讲了起来。

"别着急，你慢慢儿说，什么泡泡糖不泡泡糖的？"宇生莫名其妙地问。

"我用你给我的做梦生成程序编了一个梦游泡泡糖王国的梦，可是没有想到迅达遥购中心真的就给我送来了泡泡糖！有整四大卡车呐！"

"嘿！那倒不错，弄假成真啦！让我帮你查查。"宇生说着，又敲了几下按键，把大发面前的屏幕换成了自己终端的副监视器，以便大发观察。

"你用的 password 是什么？"

"LFTG，其实就是'鲁发糖果'四个字的汉语拼音字头。"

"LFTG……"宇生继续敲动着按键，屏

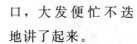

幕上的字符一行行地滑过。

"哦！我明白了！"宇生恍然大悟地叫了起来，"你进入了错误的软件路径，接通了商业网。就是说，你并没有编什么梦，而你确实订购了10000000包泡泡糖！"

"天啊！这么多泡泡糖可让我怎么办？好宇生，请你帮我把糖退掉吧，不然我爸爸一定要发火了！"大发着了慌。

"干嘛要退掉呢？"宇生奇怪地问，"你家不是有经营糖果的营业执照吗？把糖卖出去不就得了嘛。"

"可是一下子也卖不出去那么多糖啊！"

"我现在接通国际商务专家信息系统软件，咱们来看一看那里是否有需要泡泡糖的。"

宇生麻利地敲着按键，终于在屏幕上出现了结果：

"巴西服食品中心求购泡泡糖，出价3美元/包；"

"日本新日空航空公司求购泡泡糖，出价3.4美

元/包；"

"德国慕尼黑体育服务中心求购泡泡糖，出价 3.3 美元/包；"

"巴基斯坦 KEN 商行求购泡泡糖，出价 3.5 美元/包；"

"你的泡泡糖进货价折合美金 3.1 元/包，税金 3％，食品进出口公司手续费 0.5％，运费……"

"建议将 10000000 包泡泡糖售给巴基斯坦的 KEN 商行。请指示是否签订出口合同？"

"大发，你看到商务专家系统的建议了吗？就卖给他们吧！"宇生显然对结果还挺满意。

"当然！当然……那，那太好了。"大发总算松了一口气。

"好！就这样定了。"宇生接通了食品进出口公司的联网计算机，敲定了合同。

窗外传来两声熟悉的汽车喇叭声，大发知道是爸爸回家来了。果然，随着一阵急促的脚步声，鲁刚风风火火地闯进了屋。

"咱家大门口那几车泡泡糖是谁的？牛皮牌泡泡糖可是紧俏商品，我找了好几天没找到货

源！"鲁刚激动地喊着，他的嗓门儿好大，好大，他那副大嗓门儿还是摆小摊那会练出来的，一张嘴就准是直着嗓门儿嚷。

"这……"

没等鲁大发说出个所以然来，宇生却在另一头搭了腔："鲁伯伯您再看看，那几辆车已经不见了！"

鲁家爷儿俩往外一看，果然汽车全都不见了踪影。

"这么一眨眼工夫，跑到哪儿去了？"鲁刚着急地问。

"我知道了！"大发突然恍然大悟，他指了指面前屏幕上的一行粗体字："CAAC1221 航班，21：00 飞往卡拉奇。"

"飞往卡拉奇？"鲁刚不解地问，"卡拉奇不是正在举办国际足球赛嘛？可这和泡泡糖又有什么关系呢？"

"鲁伯伯，"宇生解释道，"商务专家系统刚刚告诉我们，足球赛每场比赛的十万观众中有五分之一要吃泡泡糖，因此已经造成了泡泡糖的脱销。"

"嗬！这可是个重要的商业情报！"

"爸爸，我们抓住这个有利时机，向卡拉奇抢运了 10000000 包泡泡糖，也没来得及和您商量。"大发乘机陪着小心对爸爸说。

"哪儿的话！青出于蓝而胜于蓝嘛！"鲁刚兴奋地说，"再说，宇生是咱们的高级顾问嘛，咱爷儿俩还要向他多请教。"

宇生将大发家里的监视器又切换到对视对讲状态，鲁家父子面前的监视器上又出现了宇生的笑脸。"我的脑子可没有那么好使，我也常常要向计算机请教呢。对了，我今天调试成功的梦境生成程序用起来方便极了，我刚刚用它把长城机的使用方法生成

了几段梦，哪天晚上有空，就请你们梦上一两段，再使用机器就方便多了。"

"嘿！那可太好了！"鲁刚兴奋地跳起身来，"大发！店里有你妈盯着，咱俩赶快吃饭，吃完饭就上床……"

"做梦！"父子俩异口同声地大声说。父子俩笑了，屏幕上的宇生也笑了。

［中国］迟　方

周文兰　插图

紧急呼叫

公元 3689 年，月球已成为宇宙矿场：那里开发出来的稀有金属和罕见的化学物质已成为星系贸易中的抢手货。星系各集团公司，有的结成武装团伙，不时对月球空间管理站进行袭扰、劫掠或盗窃。为此，大地联邦研制出一台智能守护器，配备高精密探索仪和威力强大的武器，长期驻守空间管理站，并委派索耶调试和培训这台守护器，指导其自行运转。不久，这台威力强大的守护器便能自行补充能源、自行运转、自行监控和投入战斗。由于这台智能守护器能够识别敌友接收密码指令行动，从此，大地联邦的利益得到了保护。

然而，好景不长。在一次常规货运宇宙飞船中队进入月球轨道，准

备在空间航空港着陆时，大地联邦飞船纵队指挥官按程序发出密码指令，却遭到守护者的警告。转眼间，首批两艘先头飞船即遭到激光炮火和离子武器的攻击，顷刻化为灰烬。

指挥官索耶大吃一惊，立即下令撤离火力圈区域，然而为时已晚。他的旗舰和护航船均遭到轰击。幸亏在急速跃升时，守护器火器偏离，只击中尾部。索耶估计守护器一定出了故障，因此不得不强行迫降，受伤进入岩洞，不停地呼叫。

*   *   *

守护者把"敌人"干掉了。四艘飞船的残骸仍在山崖下燃烧。看来，宇航员幸存者寥寥。

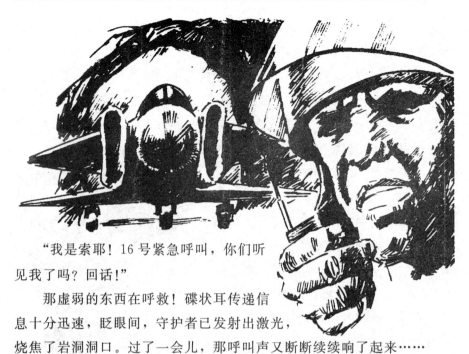

"我是索耶！16号紧急呼叫，你们听见我了吗？回话！"

那虚弱的东西在呼救！碟状耳传递信息十分迅速，眨眼间，守护者已发射出激光，烧焦了岩洞洞口。过了一会儿，那呼叫声又断断续续响了起来……

守护者作出了判断："一点儿不错，先是两艘飞船，然后又是两艘，全消灭了。只有一些被打坏的飞船里逃出的小东西，东逃西窜，也大都打死了，只有一个爬入岩洞藏了起来。"

现在它等着那东西出来。悬崖顶是个有利地势，从这儿能监测方圆几十里起伏不平的地带，足以守卫整个矿场。尽管它的机件有些失灵，似乎受了伤，它也决不违背指令，决不离开警戒区域。

呼叫声又响了起来，在寂静的夜空中振荡："我是索耶，守护器密码失灵，飞船覆灭。救救我！请回话。"

守护者耐心地听着那可恶的东西发出呼叫声。等候那小东西爬出来立即予以消灭。

"奥布里上校，我是索耶！中队全被摧毁。我们一靠近轨道，守护者就把我们击毁了。我只剩一筒氧气瓶了！上校，请回话！"

一个钟点以后，洞穴里的东西开始爬动了。听见从岩石中传出的爬动声，守护者放下了一个较灵敏的拾音器，跟踪这个声音。这个残敌软弱地向口爬来。它把一只"小触须"转向悬崖底下的那块黑色孤岩。它朝着洞穴发了几颗曳光弹，无声地、闪电似地划过没有空气的大地。

"你这肮脏下贱的怪物，别碰我！我是索耶！你忘了吗？十年前我曾训练过你呢，那时候，你是我手下的无名小卒……嘿嘿，是个自动计算控制的小卒……让我走！让我走！"

"敌人"又慢慢地爬向洞口。接着它对洞穴又是一阵无声的激光扫射，迫使残敌趄趄趑趑地往后退。

突然，它恼怒了，在悬崖上旋转着，自如地转动着它那巨大的躯体。马达轰鸣着，它从悬崖转到山坡上，又转过身，笨重地向山下移动。它越过平地向前冲去，在离洞口五十米的地方停了下来。

它把"小触须"对准黑暗洞穴的中心，然后对着洞口猛烈地射击二百发子弹。它等了一会，里面没有动静。它想用辐射榴弹，便又倾听起来。比起那个畏缩在洞里的极小的血与肉构成的东西，它要高五倍。然后，它回过身，越过平地，重新走回悬崖，进

行观察。

洞穴中的东西又出声了。

"我被刺伤了，你听见吗？我被刺伤了。
奥布里，索耶向你呼叫。立即检查程序。我被击中
了，我的宇宙服被刺破了。救命!"它在悬崖上又安
定下来。它的活动能力衰弱了，由于故障，它变得迟
钝了。它耐心地等待着黎明。

"'月球16号'我是奥布里飞船。你碰上什么
了？你能听出我来吗?"

它启动了西南面20公里处的一只间谍耳，命令
它监听，并转发振动频率数据。

"'月球16号'我是奥布里飞船，我们正向北
挺进。"

它不再听那话声了，重新检查了自己
的战斗装备，计算了能量储存，
试验了武器激活剂，施放了
一只间谍眼。几分钟之
后，这间谍眼像蟹似
地向前爬去，在
接近洞口附近设
立了观测点。如
果残余的"敌人"

出来了，间谍眼就能看见，那么，它就会用遥控榴弹发射器把敌人消灭掉。

　　检测器中的振动声越来越大。它准备战斗了。它从悬崖上下来，以巡游的速度向南驶去。磁控枪发出的散弹把奥布里指挥飞船施放的"月球救难车"炸成两半，救难装备变成了碎片，飞散在各处。

忽然，在南面的地平线上闪过一道光，接着，一小团火焰向上横过天空，守护者跟踪着。监测器显示：一枚火箭导弹！它将在 R－R 地区坠落。

几秒钟之后，导弹掉转方向，接着飞过山脊，看不见了。守护者命令一个间谍耳移往撞击地点去侦察。

"'月球 16 号'我是奥布里飞船，"长波振动声又出现了，"我们已把无线电中继站射入 R－R 地区。如果你在它的 8 公里范围内，就应该能听见。"几乎就在同时，塔楼附近的间谍耳听到了洞穴里发出的回应："死了……除了我，他们都死了。"

"不许开玩笑！"

"守护者让我们进入 R－R 地区 15 公里，然后，它用一个磁控霰弹狠狠地攻击了我们。"

"那么，你的敌我识别器坏了吗？"

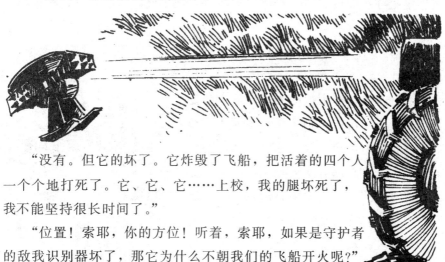

"没有。但它的坏了。它炸毁了飞船，把活着的四个人一个个地打死了。它、它、它……上校，我的腿坏死了，我不能坚持很长时间了。"

"位置！索耶，你的方位！听着，索耶，如果是守护者的敌我识别器坏了，那它为什么不朝我们的飞船开火呢？"

"我们也是这样被引进来的，上校。听着……

你现在只能做一件事：要求基地发射一只远程电控导弹。"

"把守护者毁掉！你疯了，索耶。如果守护者被击毁了，那么，这矿周围的整个地区就会完蛋……不能让它们落入敌人手里，这你是知道的。"

"你还指望着这些吗？"

"不要叫了，索耶！这些矿是月球上最珍贵的东西。我们不能失去。这就是把守护器放在这里警戒守卫的道理，如果这些东西炸成砂砾，我就得上军事法庭！"

回答声中连哭带叫："八小时的氧气，只有八小时啊！你听见没有？"

它一边狼吞虎咽地吸取储存器中的能源，一边偶尔听听"敌人"的动静。"敌人"还是没有行动。为了完成它的计划，它需要每一尔格的有用能量。它吸完了储存的能量。明天，当太阳升起，再一次启动发电机时，它就把拖车拉回到主要馈电线上，再充一次电。它在自己管辖区的战略要地保存了好几个能量储存器，这样，

它就再也不会因为缺乏能源而无力行动了。它把那儿收拾得井井有条，然后，把拖车拉回来，每隔一定时间充电一次。

"我不知道我能为你做些什么，索耶，"它又听到声音再次出现，"我们不敢摧毁它。听着，索耶，你曾协助训练过它，你是否能想出两全的办法来，既要阻止它，又不能毁掉矿区？"

长时间的沉默。它馈电完毕，从裂缝中走了出来。它向西移动了几米，这样，它就可以看清楚半公里界线外的山间开阔地。它在那儿停了下来，启动了几个间谍耳，这样，它就可以得出"敌人"最精确的位置，间谍耳一个个地向它报告着。

"办法是有一个，但这对我是没多大帮助了，我活不了那么长时间了。"

"好吧，说给我们听听吧！"

"把它的遥控能量储存器击毁，然后，乘着黑夜收拾它。"

"这样做需要多少时间？"

"好几个小时哩！你们找出它所有的

遥控电源储存器之后，就把它们炸毁。"

它分析着间谍耳们的报告，计算出了"敌人"的精确方位，"敌人"的飞船在磁控霰弹枪的最大射程以外 27 公里处。

它把一颗霰弹装入磁控霰弹枪的枪膛。与创造者的意图相反，它把霰弹锁在弹夹中，先不发射。但是在开关合上后的最初几个微秒期间，却可以防止霰弹移动。直到磁力场达到了最大强度，这力场的全部能量都可怕地集中在霰弹上，这时它才发射。这样做可以给霰弹以更大的能量。它所发明的这个步骤，已经超过了创造者。

"喂，索耶，如果你能再想出别的什么办法……"

"去拿一只远程电控导弹吧！懂吗？奥布里，它炸毁了一中队飞船，杀死宇航员！"

"索耶，是你过去教它这么做的。"

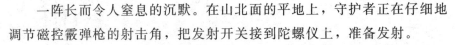

一阵长而令人窒息的沉默。在山北面的平地上，守护者正在仔细地调节磁控霰弹枪的射击角，把发射开关接到陀螺仪上，准备发射。

"它、它、它……"洞穴里传来呼叫声音。

它开足了马力，抓住驾驶杆，杀气腾腾地朝山那边滚滚而去。马达歪斜着，吼叫着，像头发怒的公牛，它隆隆地冲向南面。到山脚下，它达到了最大的速度。它急剧地、东倒西歪地向上冲去。当磁控霰弹枪转到准确的角度时，陀螺仪就合上了电路。

这是一种能量的剧变！磁力场紧紧抓住了霰弹，然后，把它与弹夹分开，高高地飞过起伏地带，射向"敌人"。

"听着，索耶，很抱歉，没有办法……"

敌人的声音突然含糊地

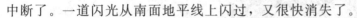

中断了。一道闪光从南面地平线上闪过，又很快消失了。

"它、它、它……"洞穴里的声音说。

轰隆！穿过岩石传来了震击声。

五只间谍耳从各处向它报告爆炸的情况。它把这些录音加以研究分析。爆炸是在离敌人飞船 50 米的地方发生的。它懒懒地在山上旋转着，然后往北，朝本世界的中心走去。一切又恢复了平静。

"奥布里，你被切断了。"洞里的声音哼哼道，"向我呼叫，你这个胆小鬼……向我呼叫。我要弄清楚你能听见我吗？"

守护者随意地把这些声音录了下来，研究了一番，然后用长波频率把它重播出去"奥布里，你被切断了。向我呼叫，你这个胆小鬼，向我呼叫。我要弄清楚你能听见我吗?"

监听记录转播发射机把这长波频率化为声音,在山间重新传播。

洞里的东西尖叫着。守护者把这尖叫声也录下来了,把它重播了好几次:"奥布里……奥布里,你在哪儿,奥布里! 不要抛弃我,不要把我丢在这儿……"

*　　　*　　　*

这是个平静的夜晚,星星不停地在黑暗中闪耀着。来自昏暗的新月形的地球的光笼罩着微暗的地带。没有东西在动:在无空气的世界里,一切处于极度的平静与安谧之中。

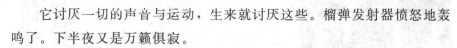

索耶慢慢爬向洞口，向上盯着悬崖上的钢制的庞然大物。

他在岩石中喃喃着："是我制造你的，你不明白吗？我是人类……是我制造你的。"

然后，他拖着一条腿爬进了地球的光辉中。而后，转过身，好像在查看天空中昏暗的新月状物件。突然，它在悬崖上走动了，把一只榴弹发射器的黑色枪口放了下来。

"我制造你的。"传来了无意义的声音。

它讨厌一切的声音与运动，生来就讨厌这些。榴弹发射器愤怒地轰鸣了。下半夜又是万籁俱寂。

[英国] 米　勒　原作

陈　莹　闵　莉　改写

云　华　插图

无事可做的悲哀

安特希尔经营了一家机器人公司，专门提供各种服务性机器人。

有一天，外星球竟也投资办了一家机器人研制公司，大做广告，声称他们的机器服务人最完美，提供绝对令人满意的服务。果然，一批批压印着 "飞翼星四号"的机器人越来越多地进入工厂和家庭。

这天，安特希尔正担心自己的公司被挤垮，忧心忡忡地回家。突然，一个外表皮肤发黑的人形机器人走上前来。

"安特希尔先生，您有什么吩咐吗？"

安特希尔简直被吓呆了。一个遥远星球来的机器人竟叫得出自己的名字。他避入一家酒馆，没想到熟悉的服务员也被飞翼星机器人取代了。他再也无心饮酒，怀着惴惴不安的心，拖着沉重的脚步向家中走去。

刚走进家门，女儿便兴致勃勃地跑上前来。

"爸爸，我们有一位新房客啦！"

安特希尔深深地知道，近来奥洛拉很为他担心。今天有了新房客，有了房租收入，妻子的唠叨大概可以少一些了。

出乎意料的是，新房客原来是妻子路上救回来的、半路晕倒的病老头。他非但没有钱付房租，而且奥洛拉还替他预付了医药费。因此，安特希尔顾不上休息，就立刻找老头谈了起来。老头看来很有学问。他不仅了解安特希尔精通的电子学，而且他谈的新兴学科——铑磁学理论，安特希尔竟一无所知。更叫他震惊的是，老头坦然承认，他是从飞翼星座来的。

不过，震惊之余，安特希尔感到安慰的是，老头告诉他，那些机器

人原本是他发明的，不过不曾预料到产生了不良后果；他就是来设法制止那些机器人的。所以尽管安特希尔疑虑重重，还是让老头留了下来。

原来，老头发明那些高智能机器服务人时，就在飞翼星建立了最高控制中心，并设置了一套电脑指令："服从命令，为人类服务，保证人类不受伤害。"然而，没料到这种各方面比常人强的高级智能机器人，在为人类服务时包办一切。他们连一根针、一把小刀也不准人去碰，甚至小孩的铁制玩具、武器模型一概被禁止。飞翼星座最高控制中心操纵和控制了宇宙，并不断大量制造出同类各种型号的机器服务人，派往各个星球。连享有特别豁免权的史雷奇老头，也因发觉这种不幸的后果企图改变最高指令而被驱逐。一般人违背机器人最高指令，便被送去进行大脑手术，摘去记忆和反抗机能。老人就是来地球研制抵制方法的。

第二天，安特希尔一到公司就发现有人在等他。一看，原来就是昨天主动招呼他、皮肤微黑的那个飞翼星智能机器人。

"安特希尔先生，您好！"飞翼星智能机器人十分有礼貌地说，"我们能不能向您解释一下怎样为您服务啊？"

安特希尔满肚子不高兴，随口反问一句："你怎么知道我的名字？谁叫你来的？"

"昨天我看到您公事包里的名片，"它很温和地回答，"您看，我们的感觉器官比人的感觉器官强多了。我们能透视一切。以后您会习惯的。"

"我才不愿意习惯呢！我们没什么可谈的。"安特希尔说着就打算离去，机器人仍旧彬彬有礼，却挡住了他的去路。

"我们只要求您签个合同，交出您的财产。作为交换条件，我们会永远为您忠心服务。"

"这简直是讹诈！"安特希尔不觉愤怒起来。

然而机器人却很有很强的逻辑分析能力，他给安特希尔分析了他那老式公司的暗淡前景，告诉他银行已接到通知，即向他索取货款等。这一下，安特希尔傻了眼，气得一句话也说不出。他砰地一下转身关上房门，转到经营部去查看情况了。果然，情况大为不妙，退货堆积如山，他又到银行询问，也证实了那机器人所说的话。

安特希尔无可奈何，只得垂头丧气地回家。谁知一到门口，房门竟自动开了。一个小小的智能机器人突然来到面前，打算替安特希尔拿帽子和大衣。

"你到我家来干什么？"安特希尔紧紧地

抓住帽子愤恨地说。

"为您服务啊!"小机器服务人笑咪咪地说。

安特希尔一听大怒,满脸涨得通红。

"你给我滚出去,这里不需要你!"

没料到那小家伙竟然纹丝不动,仍旧用银铃般的声音回答:"很抱歉,安特希尔太太已经同意接受服务。要我走,得由她提出要求。"

安特希尔这下简直气懵了。他怒气冲冲地直奔奥洛拉的房间。进了屋,只见妻子身穿薄纱长睡衣,美丽的头发卷得高高的。他有生以来还从未看

到她这么漂亮过。

"你喜欢我这样打扮吗?"奥洛拉兴冲冲地说,"小机器人上午来了之后,替我打扫了房间,烧好饭菜,还替我做了头发。简直棒极了。你知道,他还会教小女儿弹钢琴呢!"

安特希尔无话可说,顺从地跟奥洛拉去吃晚饭。这一餐当然也是那个小机器人做的,当然也是他从未尝过的美味了。于是,尽管安特希尔心里总不是个滋味,却不再反对飞翼星座智能机器人在他家落户了。然而从此安特希尔一家就无事可做了。更荒唐的是,连他自己刮胡子的权力也被剥夺了,甚

至他同妻子、女儿说几句贴心话儿，那小怪物也总跟在旁边不走。这一家子简直成了活死人。

更不幸的是安特希尔顶不住竞争，破产了。

他看到人形智能机器人开着推土机，把他的公司夷为平地，打上飞翼星机器人服务公司界标，真是伤心极了。心里不由得对飞翼星座的"入侵"产生了极大的愤慨！

他突然感到有必要去看看史雷奇老人。至少老人是主张设法控制人形机器人的，何况他是发明家呢，想必总会有些办法。于是他趁人形机器人离开的一刹那，沿着屋外扶梯奔上了老人住的汽车间上的阁楼。

史雷奇老人尽管已被飞翼星驱除，但因是发明家，还有一点儿"豁免权"——不受人形智能机器人干扰，可以从事研制工作。安特希尔走进阁楼，看到台子上满是亮晶晶的、奇形怪状的仪器。

"你在干什么？"安特希尔问道，"有什么我可以帮助的吗？"

史雷奇老头抬眼看了看他，然后说："这是最后一项研究工作。我想测定一下铑磁场的常数，然后设法搞出一架机器来干扰和破坏飞翼星座上那个高级电脑控制中心。我要以新发明的这台机器来赎回我犯的错误。"

"这台机器能行吗？"安特希尔不无怀疑地说，"飞翼星座离地球遥远得很呢？"

"我这个装置能发射出一定频率的磁波波束，从而引起超远距离的原子反应。所以，我们有可能从这儿发动攻击，把飞翼星座海水里的氢原子引爆，使它们发生剧变。我是飞翼星座控制中心原设计人，数据全在我脑中。这里的特异磁波波束一发射，那儿就会出现一片火海，控制中心便会化为灰烬，所有派出的智能机器人将失去指令而陷于瘫痪。"

"要是这样可就太妙啦！"

安特希尔兴奋起来，"马上告诉我，有什么我可以干的！"

"主体装置已经完成，还需要把定向仪器装置准备好，以便确定那个星座四号行星的方位、距离，从而保证准确地发射波束。"史雷奇老头一边说一边把设计图纸指给安特希尔看，并指点他怎样工作。

"我的工具间里原来有一台小型车床，还有电钻和老虎钳，可以拿来用。"

"很好，"老头说，"但是你得提防，别让机器人发觉！"

安特希尔待夜深人静后，蹑手蹑脚地走到地下室原来放工具的地方。然而一切变了样：过道墙壁上的灯已拆除，全靠改装过的墙壁本身发出的淡黄色光照明，各室的门竟没有把手。

"您要干什么？"一个机器人不知从哪儿冒了出来问道。

安特希尔吓了一跳，强自装作镇静，"我，没什么，我看看为什么全变了样！"

机器人用手一指，门就开了，然而里面什么也没有。"你们那些器械可能造成危险，已经处理掉了，封存起来。"机器人有礼貌地解释说。

安特希尔不由地想起了奥洛拉

和小女儿曾向他抱怨，说是机器人连甜食、糖果也不准她们随便吃，怕的是吃多了会增加体重和酸性，而减少寿命。更不要说那些小刀、铁钳和滑雪板了。小女儿干脆连音乐也不愿学了，说是无论怎样努力也赶不上机器人，将来谁还爱听她演奏呢！

安特希尔叹了口气，这道理他当然懂。机器人使人类变成了弱者。凡事不能过度，超越了界限人类就会被剥夺自由，甚至丧失信心和对一切的兴趣。

安特希尔跟老人商议后，利用老

头的一块奇异的金属，把工具间封存、已拆掉的零件悄悄运到阁楼上，并立即动手干了起来。

一天傍晚，史雷奇老头在成组的机器上忙碌了一阵以后，终于用嘶哑的声音发出了命令："准备好！"

安特希尔听得出，史雷奇老头激动得发抖了。他那双满是老茧的手在不停地调节着定向仪器装置的键钮。只见示波管荧光屏上显示出表示遥远目标的亮斑。安特希尔认出了一些熟悉的天体。随着机器的运转，波束发射管也在缓慢移动。当示波管荧光屏上出现一组类三角形亮斑时，史雷奇老头就开始调节一组微调键钮。眼见得三个亮斑的距离逐渐分开，其中一个慢慢亮起来，移到了荧屏中央。

"飞翼星四号！"史雷奇压着喉咙激动地喊了一声，"安特希尔，注意窗外屋顶上的机器人，发现它们不动了就马上告诉我！"

安特希尔立即朝窗外察看。时间一秒一秒地流逝过去。外面屋顶上和街道上巡逻的机器人照常在活动，毫无反应。

"它们停下来没有？"老头声音颤抖地问。

"还没有呢？"

"那我们失败了。"老头语气沮丧，脸色灰白。

话声未落，突然锁着的房门砰地一声被撞开了。一个巨型飞翼星人形巡逻机器人闯了进来。

"愿意为您服务，史雷奇先生"仍旧是那种银铃般却又单调的声音。

一看到人形智能机器人，史雷奇老头眼睛里就冒出怒火。

"给我滚出去！"

但是机器人非但不理不睬，相反径直跳到工作台边，一下子就把定向仪装置键钮关上了。示波管闪动了一下，荧光屏立即熄灭了。

"您想破坏最高指令，我们不得不加以干涉！"银铃般的声音显得有些冷冰冰的。

老头陡然变色，一下子便从高凳上跌了下来。而那机器人并未趋前服务，相反平谈地说："告诉你吧！控制中心早就知道了你的全部计划。只是因为想了解你新发明的理论和方法，才故意指令我们让你完成这个装置！"

倒在地上的史雷奇老头，呼吸越来越困难了。

一群机器服务人仿佛接到指令，拥进了房间，立即把老头抬走了。安特希尔目瞪口呆，半晌说不出话来。从此，他也被盯上了，身边总有飞翼星智能机器人

形影不离，24小时为他"服务"。

后来，他终于被允许去探望史雷奇老头。谁知竟然像是变了一个人。一见面就高兴地向他打招呼："您好，安特希尔先生！我很高兴，他们把我的头痛病治好了！"

安特希尔很奇怪，他从来没听说过史雷奇有头痛病。

"史雷奇先生脑后有个肿瘤。这病使他产生错觉和幻觉。现在已经切除了！"

史雷奇老头不停地点头、傻笑，样子就像个天真的孩子。

安特希尔恐惧得浑身直冒冷汗，一句话也说不出来。他默默地走出医院，坐进了指定的汽车。他望着身边形影不离的机器人，心里在想："这是多么完美的机器人啊！人类竟为自己创造出绝对的'主人'！看来，人类世界以后连思考也不必了。"想到这里，安特希尔心里不由得打了个寒噤！

[美国] 威廉森　原作

陈　莹艾隽　改写

周文兰　插图

159

海底幽浮基地

　　面临太平洋的一个寂静海边。微风轻拂着正在拾美丽贝壳的小维和兰兰。明天他们就要回台北了。小维回想这几天在外婆家痛快玩耍的情景，真有点依依不舍。

　　小维看到海面上泛起一片白色水泡，好像有人潜在海底，赶忙大叫："兰兰，快来，海里有奇怪的东西。"

　　正说着突然从海里射出一道亮光。

　　"快回去，我怕。"兰兰拉着小维的手道。

　　小维把这事告诉爸爸。小维的父亲林康博士是物理研究所所长，由于最近全世界不明飞行物体目击报告突然增加，加上内华达州捕捉到一具失灵的幽浮，使得全世界不再怀疑幽浮的存在，所以林康博士组织"怪异现象调查小组"，参加世界性的调查工作。

　　林博士不大相信地问："你们没看错吧？"

　　"我怎么会骗你嘛！"小维不高兴地嘟着嘴。

"明天爸爸就到所里，告诉他们准备仪器实地调查一下，说不定，我们会有划时代的发现呢，是不是？"林博士笑着摸摸小维的头。

第二天下午"怪异现象调查小组"五位成员全部出动，连同小维、兰兰，浩浩荡荡的分乘两部汽车开往海边。

他们也携带了最新式的海底摄影机，打算将海底的景况一一摄入镜头。林康博士分派三个人潜到海底调查。

过了几个钟头，三位潜水的研究人员浮出水面。"所长，海底没有什么奇怪的地方。"

这件事情就这么不了了之。小维和兰兰也由于开学而淡忘了。一个星期六下午，他们和几位朋友在附近小公园玩耍时，碰到一位穿着很体面的中年人。

"你们两位是不是叫小维、兰兰？"这位中年人笑着问道。

小维看着这位陌生人，后退一步，吃惊地问道："你怎么知道？"

"你们前不久是不是在

海边看到奇怪亮光?"陌生人再笑着问。

这回该兰兰吃惊了,她说道:"你也知道?"

陌生人点点头,站了起来,低声地说:"你们想不想到海底看看?"

小维说:"不要,我们又不认识你,说不定你是坏人,我们不上当。"说完掉头就走,兰兰赶忙跟了上去。

陌生人从后面跟了上来,说道:"我带你们到海底是有原因的,老实说,我是从海底来的。"

"什么?"小维大声叫了出来,"你是海底人?"

"嘘,小声一点。"陌生人蹲了下来,"先告诉你们一些吧。我们有很多人住在海底,在制造你们经常看到的不明物体。我们的目的是在保护你们,不要重蹈我们的覆辙。"

小维摇着头："真不能相信，你能再多说一点吗？"

"等到你们到了海底就可以全部知道了，想不想去？"陌生人笑着问。

好奇心的驱使，使小维和兰兰点了点头。

第二天上午，他们三人在原地见面。陌生人开着一部漂亮的白色汽车前来，载着小维和兰兰向着海边驶去。到了海边，车子仍不停下来，只见它直往海里开，小维和兰兰坐在车内大叫："不行，不行，会淹死的。"

陌生人回过头来说道："这车子外壁已充满强大磁场，会排开海水的，你们看！"

小维和兰兰从车窗往外看，只见海水在离车身外约30厘米处翻滚，一点都沾不到车子，真是不可思议，世界上竟然会有这种汽车。一会儿，整个车子已在海里，宛如潜水艇直往海底开去。海中景物看得清清楚楚。

陌生人说："你们叫我叔叔好了，从现在起，你们进入了火星人的

领海了，这辆车子并不是地球人的产品，它是我们火星人造的。"

"你是火星人？"小维和兰兰异口同声地问道。

"先别说话，看看前方。"这位火星叔叔说着。

这个时候，原本一片平坦的海底开了一道裂缝，慢慢大起来，原来是个海底通道。里面竟然一点水也没有。

"里面的气压比海水的压力大，所以水流不进去。"火星叔叔解释道，"现在，我们的汽车要进去了，注意看，我们一路过来，汽车都没沾到水，等我们进入通道后，要经过一道减压闸，否则，大家都会被强大的压力压死。"

这个时候，汽车已滑入通道，顺着通道往里面开去，小维回头来看看海底通道口，只见它又慢慢合了起来，一点海水都没有进来，真是太神奇了！

转了一个弯，汽车停在一个小房间内，过了三分钟，火星叔叔说："好了，现在可以打开车门，我带你们参观一下。"

出了车子，火星叔叔牵着他们走出这个小房间，小维和兰兰发现他们站在一间大工厂的入口，工厂里面灯火通明，厂中停放着一艘尚

未完成的大型太空船。他们被这壮丽的景观吓住了。火星叔叔说："来，我们进去。"

这个时候，里面走来一个人，笑着说："欢迎地球小朋友。"

火星叔叔告诉小维和兰兰，他是海底基地的司令官。

"你们跟着叔叔参观一下"司令官说，"你们是第一次来这儿的地球人，因为你们在海边看到过我们巡逻艇的灯光，按照我们这里的规定，凡是第一个看到我们秘密的人，都要被邀请来参观，你们真是幸运。"

司令官转向火星叔叔道："2080 号，你招呼一下。"说完，笑着向小维和兰兰摆摆手，又去忙他的事情。

"叔叔，你们很奇怪，为什么不住地上，而且，你们为什么从火星来，火星上不是没有人吗？"小维抬着头问道。

"我带你们参观一下，再详细告诉你们。"说完他就牵着小维和兰兰往里走去，通过大型太空船旁边，朝另一扇门前进。小维和兰兰目不转睛地看着周围的神奇景物，心想这个时候要是爸爸也在该多好。

进入另一扇门，搭上停放着的小运送车，小维和兰兰开始一段毕生难忘的参观过程。经过了一个多钟头，他们来到基地资料室，火星叔叔请他们坐在大型荧幕之前，拿出数卷录影带，说道："现在你们边看边听叔叔讲解，叔叔跟你们说个真实的世纪大惨案。"

荧幕现出一个很熟悉的星球——火星，叔叔开口说："我们的故乡火星，现在是一片死寂，你们的太空船上去过，的确没有看到任何生物，但是在二千万年前，它和现在的地球一样，气候温和，动植物茂盛，当时的火星文明比现在的地球还要高超。

"我们火星人早就在二千万年前发展出核子武器，太阳能的使用也十分普遍，由于物质文明的发展超过精神文明，当时火星上的大统领生恐这种差距越来越大而导致灭亡的到来，便呼吁全火星各国暂停科技发展，改为专研究人类道德文明。

"经过十年的精神文明发展，火星各国呈现一片大一统呼声，所以我们便将所有的核子燃料运离火星，储存在当时没有人住的艾克斯星，这颗星就是你们现在所称的小行星群的前身。

"有谁知道，火星大同之后，有个科学家眼见大统领的地位崇高，便起了谋反的野心。这位科学家当初是核子武器发明人之一，了解这核子武器的威力，便偷渡到艾克斯星去盗取核子燃料，想用核子武力威胁火星大统领下台，自己登上宝座。

"这个阴谋被发觉了，火星大统领派出特遣小组到艾克斯星去寻找反叛的科学家，谁知派出去的所有组员都丧生在邪恶科学家手中。为了能保全火星七十亿人口的安全，大统领自动下台，将位置让给邪恶科学家。

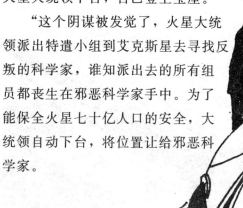

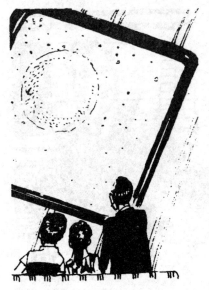

"我们都以为这样就没事了，谁想到好景不长，一年过去，这位邪恶科学家的野心又不满足，竟想进攻木星。当时的木星也住着相当多的木星人，一向和火星保持友善关系。邪恶科学家用艾克斯星的所有核子燃料制造出二百支大型核子火箭，选定在他生日那天进攻木星。当时距他生日不过一个礼拜而已。

"到了生日前一天，他派遣一支侦察队飞往木星察看，这支侦察队也就是现在住在地球海底的我们。就在我们飞离火星不久，艾克斯星发生大爆炸，两百多支核子火箭相继连续爆炸，震波摇撼着正在飞行的我们。我们大吃一惊，心想这下不好，艾克斯星会整个碎掉的。赶忙和基地通话，基地人员告诉我们，震波也在火星表面造成大灾害，高楼倒塌，水库崩裂，死伤无数，实在是宇宙大悲剧。

"这个时候我们也回不去了，也不可能到木星，正在犹豫之时，艾克斯星传来一声巨响和闪光，真的整个炸开来了，无数爆炸的小碎片冲向太空，我们的侦察船也受到撞击变形。不用说，离艾克斯星最近的火星更是凄惨，大量爆炸碎片冲向火星，高热加上高速，在火星地面上撞出无数坑洞，所有城市都沦为废墟，海洋也受到影响发生海啸，油田起火，高山倒塌，海水滚腾，我们的故乡火星

成了人间地狱，所有火星人统统死亡，整个火星成为火球。我们和家人就此永别。

"没有想到，我们这些侦察队在数分钟内成为太阳系中仅存的火星人，成为无家可归的流浪汉，眼看着故乡毁灭，我们个个都泪流满面，呜咽无语，这个时候真是觉得连上帝都遗弃了我们。

"火星回不去了，总该找个合适的星球住下来，重新开始，于是我们来到地球。

"我们十艘太空侦察船在地球各地找了十处基地，包括日本海、太

平洋两边、百慕达海域、南太平洋、印度洋和两极。我们来到地球，眼看着你们也拥有核子武器，我们想到二千万年前的悲惨教训，生怕火星历史在地球重演，我们十个基地的太空船便不断分别出来巡视，你们称它为'飞碟'也称作'不明飞行物'，其实不过是我们的小

型航空器而已。

"为了地球和平，为了防止地球末日发生，我们的使命相当艰苦，以前的小航空器不够用，便开采海底矿物来提炼制造，到目前，已有一千艘了。"

兰兰问："你们有没有回火星看看？"

"有，我们常回去，但是二千万年来，火星一点复生迹象都没有，本来我们打算全搬回去，可是火星土地不适合种植，无法居住，只好派遣十个人回到火星温带大平原区暂时殖民，做回去的准备，当然他们的日用品都是地球上供应的，我们时常回去看他们。"

"那，为什么探测火星的海盗号没发现他们呢？"小维问。

"探测火星的海盗号只不过踏在火星上两个极小极小的地方，要以此探测结果判断火星上生物的存在，实在是叫人笑破肚皮。"

小维不服气地插嘴："他们都是有名的科学家，你不应该这样笑他们。"

火星叔叔顿了一下，说道："不错，他们有他们的专长，我不笑他们，我只是笑这种普遍的毛病。

"你们知不知道海盗一号降落的地点在我们火星人口中称为什么？"

"不知道。"小
维和兰兰异口同声地说道。

"我们称为'大寂之原'，
意思是不毛之地，那地方是二千万年前
艾克斯星核子爆炸时，首当其冲的地方，
原本是个丘陵起伏的肥沃草原，受到爆炸的威力，
整个夷为平地，就是现在的样子，想想，在这个
地方找得到生物吗?"叔叔睁着大眼看着小维和兰兰。

这个时候，墙上的电视屏幕'哗'的一声，现出司令
官的近影，司令官对火星叔叔说："2080 号时候不早了，你
送他们回去，改天有机会再请他们来参观。"接着他对小维和兰兰
笑着说："地球小朋友，你们该回去了，改天再来参观，要注意，回
去别告诉你们爸爸，也不可告诉其他人喔!"

"司令官，我们一定守秘密。"小维点着头说。

一说完，电视画面就消失了，兰兰禁不住耸耸肩吐吐舌头。

186

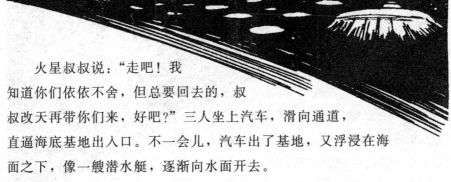

火星叔叔说："走吧！我知道你们依依不舍，但总要回去的，叔叔改天再带你们来，好吧？"三人坐上汽车，滑向通道，直逼海底基地出入口。不一会儿，汽车出了基地，又浮浸在海面之下，像一艘潜水艇，逐渐向水面开去。

就在距水面十几米的海底岩石堆中，突然一道光射出，吓得小维和兰兰把头缩了回去。

叔叔说："这是我们的探测器不要怕。"

时间过得很快，小维和兰兰参观海底基地已过了两个月，在这两个月当中，他们一直守着诺言，连林博士也不知道这件事。又一个和熙的下午，小维和兰兰下了课在校门口等绿灯过马路，突然'嘎'的一声，一辆白色汽车停在他们前面，定睛一看，原来是盼望已久的火星叔叔。

"叔叔，叔叔！"两人不约而同地唤着。火星叔叔打开车门让他们上车，一路往前开去。

路旁滑过一个白底黑字的路标，上面写着："物理研究所"。

小维愣了一下，这不是去爸爸办公室的路吗？禁不住开口说道："叔叔，这是到研究所的路，到底是怎么一回事？"

"找你父亲——林康博士。"

"什么?"小维大叫一声,"找我爸爸,你们已认识?"

车子正好停在物理研究所门口,这时从大楼里走出几个人,带头的正是林博士。

"爸!"小维和兰兰看到林博士,便叫了一声,赶忙开了车门下车。火星叔叔也出了车门,正在和林博士握手,小维和兰兰正感到奇怪,林博士开口问道:"怎么你们也来了?"

火星叔叔说:"林博士先别问,待会儿我们一边吃饭,我一边把真相说给你听。"

"真相?"林博士说:"何博士,什么真相?"

"我看,我们上车吧!"火星叔叔开了车门请林博士和小维、兰兰上车。朝车外人招招手,汽车就驶了出去。

"叔叔,你姓何?"小维问道。

"哈,没错。"

林博士也满怀狐疑,问道:"何博士,这是怎么一回事,你认识我两个小孩?他们称你叔叔?这,请说吧!"

小维也开口:"爸,我们也感到奇怪,你们怎么认识的?"

"哈,哈,哈!"叔叔大笑了几声,说道,"林博士,我希望这件事

只我们四人晓得！"

"什么事这么神秘？"林博士忙问道。

"其实，我不姓何，也不是地球人！"

"何博士，你不是开玩笑吧！我们认识三年，你最近从国外回来，怎么说你……"林博士说得很急。

"小维和兰兰去过我那儿——海底幽浮基地。他们知道我的来路。"火星叔叔慢条斯理地说。

"爸，叔叔说得没错，我们到火星叔叔的基地去参观了。"小维很神气地说着。

"林博士，事情是这样的。"火星叔叔于是把整个事件和带小维、兰兰到海底基地的来龙去脉说了一遍。林博士真不敢相信自己的耳朵，这位多年好友，也是专研物理学的人，会是在地球上的火星人，实在不可思议。但是，何星仁的话却这么地真实。

咦！何星仁——火星人。对了，他名叫何星仁，不正是火星人吗？林博士脑子一闪，出现了这个答案，说道："哈，何星仁，正是火星人的谐音，不过，何博士，你的话尚待求证。"

"尚待求证？"何星仁说，"什么意思呢？"

"你的海底基地真的

是在那海边？真的是两千万年前来的？这样吧！我们现在就去，如何？"林博士郑重地说道。

"这正是我今天现身来接你们的目的。"何星仁停了一下说，"自从上次小维和兰兰参观我们的基地之后，我们开了几次会，是在决定要不要向地球人公开我们的秘密，最后，我们决定暂时保密，只邀请您林博士。我们唯一的条件是：你一生要守密！"

林博士说："最近由于研究怪异现象，我逐渐感受到一股不可知的

力量，似乎很遥远，又似乎围在我四周，这股力量时常冲击着我，我知道这是精神的力量，是物理学界要改变的因素，也是唯物物理进入心物合一时代的前兆。"

何星仁说："对极了，林博士，不要操之过急，我们会改变地球人的观念的，银河联盟已在等待地球人加入，那将是壮丽的时刻。可是，时间还长得很哩！地球人自我中心的思想太顽固了，起码要十年以上，地球人才有资格成为银河的子民。"

一边交谈，林博士一边思潮澎湃。地球人的观念太狭隘了，哥白尼把地球是宇宙中心的观念移交给太阳，却遭到思想冷冻；伽利略印证太阳是太阳系中心的时候，却遭到监禁。数百年来，

地球人老是认为其他星球不会有生物。海盗号上了火星找不到生物，地球人更坚信太阳系中除地球人外，其他行星没有生物。殊不知，千万年来，地球人一直受到外星人的支配与影响，这……多么的尴尬呀！

"林博士，海边到了，看，浩瀚的太平洋拍击着岩岸，有谁知在这海面下，孕藏着千万年的秘密。"

何星仁将车子对着波浪开过去，说道："林博士，祝福你，这是地球人与火星人接触的伟大时刻，你的思想将会达到更高的境界，宇宙会迎接你！"

此时只见车子将海水排开，顺着海底道路开了下去。

[中国台湾] 吕应中

张仁康　插图

返老还童的旅游

唐·莱德福已年老退休，但不甘寂寞，很想参加返老还童的大超脱旅游。他和他那些退休的老年朋友们，养老金只够糊口，也没人肯捐款给他们去旅游。于是他们只好围坐在公园里，整天谈论。他们对于有钱人每天走向超级旅游公司的亭台，而后又满面春风地旅游归来，总感到忿忿不平。这世界对有钱人和穷人实在太不公平了。

"真是些该死的蠢货！"唐在恼怒时咬牙切齿地说，"他们既然到了他们要去的地方，就该有决心留在那儿。"

他的妻子辛达总是劝他冷静下来，便说道："说不定他们都有无法留下的原因。"

"我得事先告诉你，辛达，要是我一旦有机会去了，他们把口哨吹坏了，你把嘴喊干了，我也不再回来！"

退休的老头、老太每天清晨都聚会在一起，准时坐在半圆形的长凳上，不时地盯着超级旅游公司那红、黄、绿三色霓虹灯广告发愣。这些曾经为社会辛苦了大半辈子的老人，有的七十多岁，有的八十多岁，已被社会抛弃，没人关心。但是他们有的夫妻双全，还是不论走到哪里都手挽着手，相亲相爱；老人们聚到一起也总是低声问好，并按平时固定的习惯位置落座。他们总是在第一个旅游者到来之前就坐在那里，为的是在那些旅客跨入亭台时好点点数，并且在傍晚他们回来时核对一下来去数目是否相等。

这些老人都自备干粮，几乎没有人回家去吃饭。他们很有耐心，为了点数每天参加返老还童超级旅游的人数，不管刮风下雨，从不缺席，情愿清苦地啃干粮。不过，他们从不觉得苦，通常从九点钟就慢吞吞地啃起来，只是每次吃得很少，一直要啃到下午五点钟。那时旅游者将陆续回来。

每天旅游者回来时，这些老人便兴奋起来，因为整整一天，他们除了啃干粮之外，便是谈论那些有钱的旅游者如何如何，还猜想大超脱旅游的奇闻怪事。据谣

传，一旦你到达那里，不管在什么地方，你总是会变得年轻起来。然而这么美妙的事，竟没有一个人留在那儿。老人们想不通，为什么有钱的旅游者又都回来了。唐拉住一位旅游者，想挤出点儿消息，却根本问不出究竟。辛达的姐姐曾经跟她那有钱的丈夫去过一次。但辛达怎么打听也是问不出什么来。是有趣、幸福，还是乏味、惊险，人活了大半辈子，总该去见识一下。

辛达很难想象大超脱旅游是个什么滋味，反正能穿上浅蓝泛绿，或是淡红、鹅黄色的漂亮合身的衣服去旅游，总比她年老穿的穷酸衣服要好受些。她恨她这一辈子跟唐苦干一生却落得这般田地，住在一套两间的廉价公寓里，却仍没有财产；她也不爱看老伴那副老态龙钟的样子。她记得她和老伴都曾经是肌肉丰满、神采奕奕的。所以她暗下决心，要去

大超脱旅游，就得早点去，一定要恢复青春。

　　她把计划悄悄地告诉了艾格老人。他是独身，他得有个有钱的女友，说不定能有用。让他的女友付钱先混进一人，让他做内应，从里面把门打开，放大家溜进大超脱旅游亭台。

　　于是老人们反复商量，决定去为艾格物色一个女友。他们从上午九点到下午五点，在索仑诺公园和文诺公园漫游，还一直走到希尔顿新市区。老天不负苦心人，他们总算找到一个合适的对象。艾格便从容走上去，在紧靠他们为他找到的对象旁边坐了下来。果然，艾格不负所托，他用大家凑给他的钱叫了出租汽车，很有气派地请那位有钱的女人去吃饭了。艾格请新结识的女友跳舞时，穿的就是希基老头贡献出来的那套晚礼服，手上戴的是大玛吉老妇人唯一的假钻戒；礼服上插的红石竹花则是辛达为他搞来的。他们眼看着艾格彬彬有礼地献着殷勤，赢得了女友的微笑，都万分兴奋。但是，等到他们起身回家时，一个个老骨头都累得僵硬了，有的连关节也不灵活了。

　　老人们应该回去美美地睡上一觉准备迎接实现大超脱旅游的

伟大日子，但是谁也睡不着。

果然艾格没让大家失望，半夜里就一个个打电话通知：他成功了。明天女友将带他进超级旅游亭台。他不会忘记打开边门，放他们溜进去。他会守信用的。

第二天清晨，唐和辛达就提前来到公园，其他老人也是如此。好不容易等到九点钟，超级旅游公司的霓虹灯才亮起来。当艾格和他那有钱的女友

出现时，老人们才放下心来。

艾格向女友打了个招呼，便向老人们走来，他在每人手上放了一粒药片，嘱咐他们吃下，还按计划关照希基老头，等到他进了大超脱旅游亭台，便装出心脏病发作，慌乱时，他会从里面把门打开，放大家进去的。

一切按计划进行。老人们如愿以偿，进了大超脱旅游亭台，个个激动得像小孩子第一次出门远游那样兴奋。辛达和唐不顾老腿不灵便，也跟着人流坐上了舒适的座位，扣上安全带。机器转动起来，把他们载走了。

"现在，在房顶上空，通过时间走廊去享受一次独一无二的终生难忘的经历吧！欢迎你们来一次人生大超脱！"不知哪里响

起了导游的声音。

辛达在黑暗中旋转，倾听着旅游录音的介绍。

"……下午四点五十分在森林健身房集合，然后迅速安全返航。千万注意铃声，别忘记时间。"那声音叮嘱着。

突然，像电梯迅速滑落那样，辛达和唐感到似乎从高空坠落，一下子已经坐在地上。辛达和唐惊奇地发现春光明媚，只是道路简陋，满是灰尘泥土。他们降落速度很快，以致全都跌坐在地上，弄得一身泥污。辛达八岁时穿的那件连衫裙也脏得一塌糊涂了。她忍不住哭了起来。

"胆小鬼，"唐正坐在地上，面对着她，在做鬼脸。唐竟变得跟她记忆中的十岁小孩一模一样。于是她拉住他的手。

"唐·莱德福，是你吗?"

"辛达，发生了什么事情?"

他们站了起来，拍干净身上的泥土。看看周围的孩子们，有的在森林健身房里拚命地跑啊，跳的；有的还坐在地上大哭。那个身腰肥大的是大玛吉，戴垒球帽子的是艾格……每天聚会时的老伙伴们如今全变成了小孩子啦!

辛达吓了一跳，但她很快镇静下来，甚至感到高兴了。说不定她和唐会很快长大，重温年轻时的旧梦，也不再为唐半夜咳嗽咯血担惊受怕了。"唐，我想，大超脱旅游让我们返老还童啦!"

只见那个或许是艾格女朋友的女孩子正在翻筋斗跳舞，而艾格满脸惊讶地摸着自己的全身。

"变得太可怕了! 我们怎么办呢?"他叫道。

"我们长大了可以做牛仔，"唐摸着鼻子说，"辛达可以做牧牛

女郎。"

辛达看了看周围，除了森林健身房围墙内的泥土地和一两架秋千之外，几乎什么东西都没有，墙边有一股泉水，墙外是荒山野岭，什么现代化的设施也看不见。没多久，大
家都玩倦了，再没东西可玩了。艾格的女友首先哭喊了起来。"我饿了！给我东西吃！"她仿佛完全不记得自己贵夫人的身份，却遗留着饭来张口的习惯，吵着要人给她饭吃。

唐和辛达这才想起他们的饭盒，至少里面有火腿蛋和三明治，还有速溶咖啡。希基也想了起来，叫大玛吉也拿出饭盒，然而不知怎么回事，他们乘上大超脱旅游机器时还在，倒退一百年的返老还童旅游一开始就不知饭盒飞到哪儿去了。他们想爬出围墙去找小店，可又不敢跨出

森林健身房，怕迷失方向，找不到路，更怕赶不上大超脱旅行导游规定的五点钟返程时间。再说，大超脱旅行机只把他们带到这贫穷、原始的地方来，连一分钱都没有，爬出围墙又能怎样呢。于是几乎所有的人都愁眉苦脸，有的干脆大哭起来。最后艾格说道："大超脱旅游根本不好玩。怪不得所有来的人都准时回去。要是我们什么都忘掉，也罢了，偏偏除了身体返老还童之外，什么都记得。我们记得丰富多彩的年轻时代，也记得现代设施齐

全的城市和虽然枯燥却还安定的老年
生活。"

其他人也都表示有同感。大玛吉
说："真是古怪，我们身体回到了几十
年前，可思想还停留在原处。我们简

直成了怪物！"

大家异口同声地说："我们回去吧！"

辛达直截了当地跳下跷跷板，使在另一端的唐扑通一声跌倒在地。只听他倔强地说："我决不回去！"

辛达过去拉他："你没有饭吃怎么办呢？"

他把两脚分开站在那里，翘起下巴："我不管，我痛恨回到那里去。"

天色渐渐暗下来，最后铃声响了。大家朝健身房旅游转台走去。辛达急着找唐一起走，可他仍固执地坐在跷跷板上。他宁愿留在这里，如果要挨饿就饿死算了。他宁愿一辈子永远都是十岁，再也不愿回到风烛残年的老样子。

辛达为难了。她回家后尽管可能不久就要死去，却还能舒舒服服在公园里散步，吃些自己喜爱的食品，晚上躺在床上看看电视节目。这种生活水准，虽然比起别人太寒酸，对她总还是美好的。但是她不能离开唐·莱德福，他是她最知心的伴侣。

于是她朝唐走去，拉起他的手，一起爬过森林健身房的围墙，毫不理会旅游公司呼唤回程的铃声。墙外是一望无际的草原，远山青青，不见人影。他们似乎变得更小了，不知迎面而来的陌生世界中有什么在等候着他们。然而，他们已无退路，便摆出勇敢的样子，向远山走去。

〔美国〕里　德　原作

闵　莉　陈　莹　改写

陈炜稼　插图

夜空奇遇

一、紧急迫降

林秋驾驶着一架小型出租飞机，载着四位外宾，从北京飞往天津。这四位客人，坐在飞机客舱柔软舒适的座位上，都把椅背放成半卧式，躺在那里多半已经昏昏入睡。

今天晚上没有月亮，天空也没有云。闪烁的星星，镶嵌在黑天鹅绒般的夜空里，显得格外明亮。

突然，林秋感觉到在自己飞机的上方，似乎有另一架飞机在飞行，距离还很近。这是怎么回事？他定睛往上一看，几乎不相信自己的眼睛：在上前方大约一百米的地方，有一只巨大的圆盘，无声无息地飘浮着，同林秋的飞机结伴而行。

"指挥塔！指挥塔！我是民

航073，我的上前方发现一个奇怪的飞行物体！"

"民航073！在你的周围并没有其他飞机。"

林秋再仔细地看了看，没错！那只大圆盘发出淡淡的绿光，似乎又靠近了些。

"指挥塔！我看得很清楚，它是圆形的……"

话还没有说完，林秋突然感到这个怪物不断地从前方向他的飞机逼近。

"指挥塔！它向我逼近，我请求降低高度！"

"你可以下降……"

圆形的怪物迅速逼近，林秋把驾驶盘向前推去，飞机立即向下俯冲，但是，怪物依然跟了过来。如果不闪避，眼看就要迎面相撞。

这件事情发生在很短的时间里，林秋几乎来不及向地面报告，飞机已经被逼近了地面。

林秋猛然一登舵，飞机作了一个灵巧的急转弯，从怪物面前滑了过去，斜着冲向地面。高度表的指针迅速转动：八百米、六百米、四百米……那个怪物灵活地继续追了过来。

林秋在飞机快要接地的瞬间，轻轻地拉了一下驾驶盘，飞机头部稍

稍抬起。"沙——"只觉得猛然一震，飞机的低压轮胎落到了田地上，跌跌撞撞地在地面滑跑了一段才停了下来。

被这一连串突如其来的飞行颠簸吓呆了的旅客，这才醒悟过来，挤到驾驶舱来问个究竟。

林秋来不及回答他们七嘴八舌的责问，只顾用眼睛来回向夜空搜索。但是，除了眨眼睛的星星之外，什么也没有。

"民航073！民航073！你现在情况怎么样？请回答！请回答！……"耳机里传来控制台值班员焦急的声音。

"我是民航073！我已经安全迫降。"

"请你原地等待。我们已经派出了急救飞机，很快就要到达你们那里。请你打开无线电信标机，为他们指示方位。"

十月的秋夜，林秋感到一阵凉意。他抬头望着满天的星星，心里充满了一连串的问号：刚才看到的东西是真的吗？它从哪里来的？现在它又在哪里？

天空又传来了马达声。一架小型直升机轻巧地落在跟前。

一位40多岁的矮胖子，一钻出飞机就紧紧地握住了林秋的手。他是民航空中出租飞机公司的陈经理。"看！我把谁带来了？"

跟在经理后面钻出飞机的，是一位20多岁的高个子姑娘。她是林秋的未婚妻，名叫黄丽。

"小黄！你怎么也来了？"林秋惊喜地握住她的手。

"老陈打电话到医院来，说你出事了，叫我跟他来接你……"

二、记者招待会

第二天，有关方面举行中外记者招待会，介绍这次离奇的事件。

"请问林先生，"一位加拿大记者站起来说，"今天上午我打电话到天津，找到敝国的四名企业家。他们都很敬佩林先生驾驶飞机在黑夜里安全迫降的技术，但是他们之中没有一个人能证实你刚才所讲的故事。除了你，还有没有别人见过那个东西呢？"

林秋的嘴唇露出一丝苦笑，摇摇头说："没有。我想那个时候他们都在打瞌睡，再说那个怪物是在我们飞机的前上方，他们从侧面机窗可能看不见。等我们落到地面，那个家伙也无影无踪了。"

"那么，怎么能证明你确实看到了

那个怪物，而不是你的幻觉呢？"一名美联社记者紧接着提问。

"我敢说绝对不是我的幻觉。"林秋显得有点激动起来，把话接了过去，"自从我驾驶飞机以来，不论在白天还是在晚上，脑子都很清醒，从来没有发生过错觉。"

散会以后，黄丽从后面挤到林秋的身边，一同离开了会场。

"小黄，你都听见了。没有人会相信我讲的。他们都怀疑：是不是你的飞机出了毛病，才编出这个故事来骗人。"

"别这么想，"黄丽往林秋那边靠得紧一些，轻声说，"我相信你。你不会骗人。不过这件事也太奇怪了，

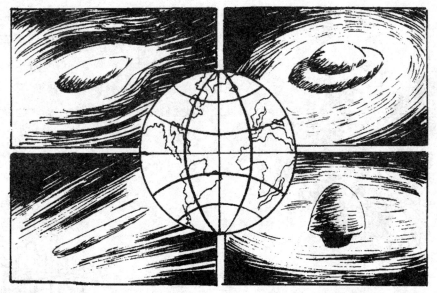

难怪人家不相信。"

他们经过一个报刊零售亭。有人排队在买晚报。黄丽跑过去买了一张。散发着油墨香味的晚报头版下方，登有一条消息，标题是：

空中出租飞机险遭不测

驾驶员机智勇敢安全迫降

三、疑团未释

公司上午举行汇报会。会议主持人先请林秋对事情的经过作了简要的介绍，然后自由发言，各抒己见。

墙上映出了画有各种不同外形的飞行物体的分类图。其中大部分是圆盘形的，也有扁锅形、圆帽形、蘑菇形的，还有长长的雪茄形、橄榄形及灯泡形的，等等，五花八门，足有三十余种之多。航空空间学会的负责人老卢说：

"这是根据世界各地发现的天空里奇怪的飞行物体的外形画的，大部分都有照片作根据。三十多年来，有案可查的目击者报告，不是几百起，也不是几千起，而是几万起！美洲、欧洲、中东、亚洲都有人向当局报告，见到这类不明飞行物体。港澳地区和国内其他地方也有发现。"

这时，一位头发花白的专家要求发言。他是航空科技大学的教授，他说："我认为如果那个物体不是幻影的话，那么它的来历，不外乎两个方面，一是人造的，二是天然的，二者非此即彼。"

"那么教授您的意思，是认为这个物体是超人的创造罗！"林秋忍不住插嘴。

"我看既是超人的，又不是超人的。"教授微微笑着看了林秋一眼，"这样的飞行物体，地球上的人造不出来，并不等于说天上的人造不出来。"

"天上的人？！"林秋大吃一惊。

"对，天上的人并不是上帝，他们也是生物，只不过生活在别的星球上而已。我想这个问题最好由梁所长来谈。"

"好吧，我讲几句。"一位年过半百的天文学家，向主持会议者点了点头，说道："生命应当说是宇宙间的普遍现象，并不是

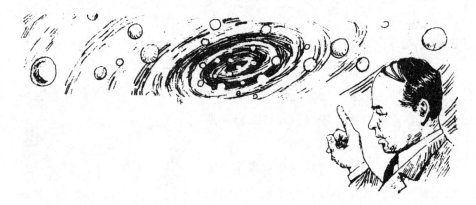

地球所特有的。要寻找地球之外的文明社会，只能把目光放远一点，到银河系里去找。这里有两个问题，第一，银河系里有没有智慧的生物，我的回答是肯定的；第二，是不是他们派的飞船到达了地球，我的回答是不肯定的。"

"这是什么意思？"有人不满意这样的解释。

"我的意思是说，以银河系之大，像太阳这样的恒星，有一千亿颗之多，不妨设想，这样的文明星球，在银河系内，可达一百万颗。"

"既然有这么多文明社会，为什么不能肯定是他们派了飞船呢？"林

秋感到迷惑不解。

"这是因为宇宙实在太大了。请设想一下：一百万个具有高度文明的星球，如果每个星球每年派出一艘飞船，对银河系里十分之一的恒星进行考察，那么平均起来飞到太阳系的，要每隔一万年才有一艘。再说，到了太阳系也不一定就飞到地球来。想想看，这么小的可能性，难道我们就能轻易肯定，林秋遇到的正好是他们吗？"

时间已经正午，会议结束。林秋装了满脑子的新鲜印象，跟着陈经理离开了大楼。

四、夜空之战

又是一次夜航。起飞线上，陈经理握着就要钻进驾驶舱的林秋的手，说："小林，今天有关部门已经通知我们，桃村机场有一个歼击机组已经做好准备，一有情况，马上就会赶来支援。"

从北京到天津一路平安。到天津机场还不到 11 点，林秋决定立即返回北京。

现在飞行高度是四千米。对飞航线往往要按高度分开：去飞三千

米，回飞四千米。林秋往地面看了看，公路田野都隐没在黑暗之中，只有大小城镇的灯光，还能依稀辨认。

忽然，林秋感到自己的上方又有一个庞大的阴影，他大吃一惊，再仔细看看，果然是前天晚上的怪物又出现了！

"指挥塔！我又碰到飞行怪物，它在我的前上方……它好像又要挡住我的去路。"

"民航083！你要沉着，我们在雷达屏上看不见它。你可以作机动飞行躲避，空域里没有其他飞机，不要担心撞机。"

林秋尽量使自己冷静下来。今天晚上比前天亮一些，因此对于这个飞行物体可以看得更清楚。它此刻正在林秋的上前方飞行，渐渐下降，步步逼近林秋飞机的机头。它是一个铁饼形的物体，上部还有一个凸起的地方，似乎整个包在金属的外壳里。

"民航083！我是桃村机场，我们已经派出4架歼击机向你飞去，请注意！请注意！"

飞行怪物还在逼近，似乎要拼命靠近飞机驾驶舱的窗口，以便看清楚林秋的脸似的。

林秋不断改变着飞行方向和高度。好在这架轻型飞机操纵灵

活，还能东躲西藏避开同怪物的相撞。

"桃村，桃村，我是尖刀，我找不到目标，机载雷达上没有目标！"

林秋的耳机里，听见了率领着歼击机组的刘大队长的声音。

"尖刀，尖刀，我们的雷达上也找不到那个飞行物体，你们尽量用目视观察。"

林秋突然想起，自己的飞机在雷达上是有的，只要自己还在空中，歼击机就能通过雷达找到自己的飞机，从而看到纠缠着自己的空中怪物。

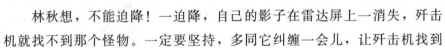

林秋几乎用喊声叫道："桃村！桃村！请按我的方位引导歼击机，那个怪物就在我旁边。"

"民航 083！你快迫降，这样太危险，你赶快迫降！"

林秋想，不能迫降！一迫降，自己的影子在雷达屏上一消失，歼击机就找不到那个怪物。一定要坚持，多同它纠缠一会儿，让歼击机找到

我们。这一次如果放过它，下一次再找就难了。

"桃村，桃村，我暂不迫降，你们快来……"

由于干扰严重，耳机里几乎听不见什么了。

林秋使出全副精力，

在空中左旋右转，上下翻筋斗，尽力同那个怪物周旋。那个怪物却也怪，竟紧紧地追踪林秋，一步也不放松。

"桃村，我们找到他们了。"

刘大队长的飞机赶到的时候，正好看到那个怪物用它那坚硬的外壳撞到林秋飞机的螺旋桨上。林秋的飞机立即失去了平衡，向地面掉了下去。

刘大队长向基地报告："桃村，桃村，民航飞机被飞行怪撞毁！看来无法命令怪物迫降，它也会把我们撞毁的。"

"打吧！"地面传来了领导的命令。

几乎就在同时，从刘大队长的两侧机翼下方，闪出两道火光。两枚空对空导弹直奔飞行怪物打去。

可是，两枚闪电式的导弹都从两边飞过去了。没有命中！

"桃村，桃村，导弹攻击失败，我请求靠近使用激光炮。"

"可以。"

刘大队长加大油门，超音速歼击机像闪电般逼近飞行怪物。刘大队长在平视仪里看到对方的黑影迅速扩大，几乎就在快要相撞的瞬间，刘大队长猛按炮钮，机头两侧喷射出两道纤细而明亮的光束，在夜空中划出清晰的弹道，命中了。

飞行怪物并没有被击落，也没有发生爆炸。它挨了激光照射之后，似乎呆了一下，然后立即转向飞走了。但是也许是受了伤，它的飞行速度已经不是那么快了。刘大队长他们的飞机开了加力，速度加到了极限，才刚刚够得上跟在怪物后面，没有丢失目标。

那个飞行物体向渤海湾的方向飞了出去，不久就飞到了渤海上空，眼看就要越过渤海海峡进入黄海。这时，刘大队长注意到，那个怪物已经逐渐坠向水面，似乎它那受伤的躯体再也支持不住飞行。接着听见轰隆一响，喷出一个巨大的水柱。它沉入海底去了。

歼击机组在它下沉的海域低空盘旋了几周。海面上恢复了平静，什么痕迹也没有留下。

歼击机只好返航了。

五、尾　声

林秋的飞机被撞坏坠落的时候，幸好它的机翼具有良好的滑翔性能，减轻了触地的撞击力，林秋被撞晕过去。除轻微的脑震荡外，身体其他部位没有受到重伤。

经过半个月的休养，林秋恢复了健康。

这一次发生的不明飞行物体撞毁民航机的事件，轰动了全世界。

联合国大会邀请当事人出席向"不明飞行物体调查委员会"作报告。我们同意派林秋和刘大队长出席，今天早上乘坐民航班机前往纽约。

机场宽阔的候机大楼里，陈经理、黄丽和她妈妈

及各方的代表都来送行。

林秋不明白为什么联合国会对这件事感兴趣。一位代表解释说：

"联合国最早讨论这个问题，是在1978年第三十三届大会的时候。当时加勒比海上的一个岛国格林纳达的首相，在大会上提出了一项提案，要求联合国设立一个专门机构来从事不明飞行物体的国际调查。他还建议由联合国宣布1978年为'国际不明飞行物体年'。联合国秘书长瓦尔德海姆出席了听证会，听取了有关的汇报。后来就成立了相应的机构。这一次发生了这么大的事，当然他们都急于要听听你们的介绍罗！"

刘大队长说："我们这一次的截击成绩很不理想。导弹发射竟然落空。它掉到海里，搜索了半个月，一无所获，连一点残骸都没拿到。我到现在还不明白，为什么雷达找不到它，导弹也打不到它。"

陈经理笑着说："依我看，到现在为止，这个所谓的不明飞行物体，不仅仍然来历不明，而且它的真相如何，也还是没有揭开的谜。"

正说着，候机室的扩音器里传来女广播员的声音："乘坐CA951次班机飞往纽约的旅客，请检票登机了。飞机8点30分准时起飞。"

……

[中国] 谢　础

陈云华　插图